再见，故乡与故人

胡绍学 —— 著

北京联合出版公司
Beijing United Publishing Co.,Ltd.

自 序

我以前听人说过,一个人到老年的时候,会发呆,会常常念叨过去的事情,而且年代过去得越久远的事,反倒越会想起来,我听到这种说法时,还不十分相信,心想不见得吧?!哪知道过了古稀之年后,此话却在我自己身上应验了。虽说我不会独自发呆,也不会不停地念叨什么事,但不知怎的,少年时代甚至是童年时代经历的事和情景,却经常在脑海中浮现出来,虽然是片段的、杂乱无序的、朦朦胧胧的,但这些情景确确实实老是出现。最常有的情况是,有时候看电影、看电视,甚至是看小说时,下意识地就会联想起我少年时候或是童年时候所处的环境。譬如说,看到一部小说中形容我国某个南方城市中的街市,我就会联想起几十年前我故乡杭州的河坊街,以及浙江景宁县城中的牌坊街;再譬如,我在小说中看到一个西方传教士在我国某地的偏远农村中建造起一个小教堂传教的事,我也会联想起我童年时在浙江景宁县看到过的一个小教堂,那里面墙上有一些挂着的画,其中有一张画上画着一条大蛇缠绕在一个人的身上……这些童年的印象居然那么深刻,几十年过去,它还会从记忆中蹦出来,真不可思议。

据科学研究说人到了老年,心灵深处的活动会比年轻时活跃,童年时、青年时的事情会一幕幕浮现眼前。回忆过去可能是一件有趣的事，也可能是一件痛苦的事（就像有的人说的"不堪回首忆当年"那种事），但我的回忆谈不上什么特别幸福或者特别痛苦，我的回忆是一种自然而然流出来的往事，就像一缕在脑海中轻轻飘过的烟一样，是那种淡淡的但是又挥之不去的轻烟。

"像您这么大岁数的人还能记得童年的事吗？别人到您这个岁数，要回忆也是回忆青壮年时代或是大学时代的往事，抑或是在事业过程中值得说或写下来的事吧，去回忆那遥远的六七十年前的事干什么？您还能记得多少？有那么重要吗？……"实际上也没有人向我问这样的问题，因为我决定写这些文字时也没有跟人说过，但我在决定写下童年与故乡的回忆时，这是我自己向自己提出的问题，我想我必须要回答这些问题，才使我有写这文章的正当理由。

首先，我的童年经历对我来说一生都难以忘却，虽说年代久远，往事如烟，有些朦胧，但是我现在却常常会想起。我的童年绝非是"祖国的花朵"般那种幸福的，充满阳光、鲜花的童年，我的童年是一个处在战乱中的童年：我从一岁多到十四岁，十几年间经历过战争、逃难、挨日本飞机轰炸；在古老偏僻的县城和乡村，小学时代就耳闻目睹了军民学生抗日活动；抗战胜利后，回乡的经历、艰难的生活和动荡，直到迎接故乡的解放，但不幸又遭到国民党飞机的空袭扫射……总之，那些事都是现在的青年和大多数成年人没有经历过的。

其次，故乡和乡情，似乎是永恒的题材。思乡、忆旧是人之常情，因为那毕竟是你亲自经历过的事和亲身生活过的地方，只要纪实式地写出来，情感自然而然就流露出来了，而且一般人对少年时代和青年时代所在的城市（乡村）的印象往往是最深的，一辈子都不会忘记。我也是一样，我可以记得在上学路上，从家门口一直到校门口，一路上的很多小故事……

我不是什么名人，也没有什么轰轰烈烈的事迹或者跌宕起伏的经历，我只是一个普通人，我的经历也很普通。我现在有了这个念头，想把我对少年时及童年时的回忆写下来，甚至是把我少年时代家乡的城市和建筑画出来。另外，自青年时代离开老家后难得回去，也还是有一点儿常人所说的那种"乡恋"之情吧。

另外，那就是我的专业情结在起作用了。我是一名建筑师，我经常会回想起童年和少年时代见过的城市和乡村的建筑、街道、戏台之类的东西，觉得很有趣、很有意思，这些年来有空时还随手画了一些"回忆画"草图，现在看到这些小画，觉得丢了也可惜，对着它们写点儿东西吧！

还有就是故乡的事常常会想起，以前交往过、接触过的人也常常会想起。这"故人"两字的含义包容量很大，只要是你认识的或见过面的人，不论是已经去世的还是目前仍健在的，不论他身份尊卑，是老师、大师还是朋友，都可以称为故人，李白的诗《黄鹤楼送孟浩然之广陵》中写道："故人西辞黄鹤楼，烟花三月下扬州……"就是一例。

几十年来，我认识的老师、同学以及朋友也很多，其中有些是对我教诲、对我帮助很大的老师、前辈、大师。这些大师级的人专业水平很高，一般人往往会觉得他们是高不可攀的，但我觉得与他们之间接触的点滴更能反映出一个人的真实性情，同时通过这些细微的小事反而能让人感受深刻的道理。与他们之间的接触让我印象很深，这些经历都是很特别、很值得回味的，因此我也想把它们写下来。

当初为了这本集子的"书名"也是斟酌了好一阵子，既要与第一本有呼应，又要能反映出这次的主要内容，左思右想，拿不定主意。碰巧有天我和我的一个学生成砚博士通电话谈起此事，她说："……那，这书名就叫《再见，故乡与故人》吧。"真是好主意！我欣然接受，"牛津与剑桥"，"故乡与故人"，还真是挺匹配的。

以上讲的就是写这本集子及书名的由来。

2016年10月于北京清华园

目录

忆故乡

003 战乱中的童年

031 胜利返乡

041 动荡依旧

055 少小离家老大回

060 上学路上

077 贡院前的回忆

083 故居杂忆

092 西湖情

忆故人

- 113 "拙匠"与大师
  ——梁思成先生的教诲使我终身难忘
- 134 回忆戴念慈先生
- 142 回忆张镈先生
- 154 回忆汪国瑜教授
- 166 回忆贝聿铭先生二三事
- 176 回忆丹下健三先生访问清华大学建筑学院
- 185 一个有趣的法国朋友
  ——和安德鲁先生合作设计国家大剧院

209　参加"香港回归中国纪念碑"国际设计竞赛

　　　评选活动的回忆

220　一颗殒落的明星

　　　——追忆扎哈·哈迪德

番外篇

227　天籁之声

　　　——回忆齐云山之旅

忆故乡

战乱中的童年

逃难路上

我是 1936 年 6 月份出生的,全面抗战爆发时,我才一岁多一点儿。一个人的记忆恐怕只有到四五岁时才能有一点儿的吧,但我确实是记得我三岁时经历的一些事。我三岁时还在逃难路上,三岁以前有些事是后来听我妈妈说的,但三岁以后经历的一些事,我至今仍然记得不少,是我的记忆力特别好吗?说不准,也许有一点儿吧。但我想可能实在是因为童年时的经历印象太深刻了,不像一般城市里上幼儿园的孩子那样,平平淡淡,反倒印象不深了,而我对那时经历的事,一辈子都不会忘记。

那时我家在哪里?我们并不是在华北,也不是在湖南、湖北,我家那时是在浙江逃难的路上,后来转辗到浙江南部几个偏僻县城……待我仔细道来。

1937年7月7日，卢沟桥事变，我国全面抗战拉开了序幕。当时我们家住在杭州，我父亲在浙江省教育厅工作，我祖父在浙江省政府秘书厅工作，家中除了祖父、父亲、母亲、大姐、二姐，还有一个比我大一岁的姐姐，然后就是我了，我另外两个哥哥都在高中住校读书，不在家中。

1937年8月，日军在吴淞口登陆，从几个方面包围和攻打上海，1937年11月12日，上海沦陷；1937年12月13日，南京沦陷。这时候，杭州已岌岌可危，杭州市的市民们开始大批地往东逃难。

我母亲后来几次对我说过，那天她抱着只有一岁多的我，我父亲抱着我的小姐姐，和祖父及大姐、二姐一起挤过钱塘江大桥，往东逃难。由于是教育厅人员集体撤退，所以大件行李都是集中在几辆大平板车上，由专人拉着和所有人员一起撤退的。我母亲说，过大桥时人山人海，非常拥挤杂乱，我头上的帽子都被挤掉了，好在逃难的人群总算拥挤着过了大桥，来到钱塘江东岸的萧山县。我母亲还说，就在我们到萧山县后的第二天，听说钱塘江大桥就被炸了，真是好险啊！

我近年来查了一些有关资料，钱塘江大桥是在1937年9月6日建成的，在1937年12月23日，由国民党军队奉上级命令炸断，目的就是阻止日军过桥继续侵入浙江省东部和南部地区。

这么说来我们是在炸桥的前一天，即1937年12月22日逃出杭州城的，这真是太幸运了！后来听人说大桥被炸一天之后，也就是1937年12月24日，日军就侵占了杭州城。从那时起，我们家便开始了长达一年多的逃难生活。

我大哥和二哥当时在杭州市读高中，已比我们早几天随着学校集体撤出杭州，好几百人的师生队伍一起走的，这也是当时政府的安排。浙江省立高中和国立浙江大学等学校的师生也都是由学校组织集体撤退的。

我们由杭州撤到萧山、绍兴，然后再南下，真可谓是亲历了兵荒马乱的年代。

我家逃难的路程和经过，由于我当时年龄太小，是不可能知道的，全部一年多的逃难历程，都是后来听我父母和姐姐、哥哥们说起才知道的。大致情况是我家逃出杭州后，就到了萧山，然后到绍兴县、义乌县，再到永康县、缙云县，再到丽水县，然后再到碧湖镇，最后到云和县。那时浙江省政府已迁到云和，于是我祖父就在云和县留下了，我们全家大约在云和县住了近一年，那时候我大哥二哥也已到碧湖镇读高中住校。最后，我家大约在1938年秋冬季到达浙江省最南部的景宁县，当时的浙江省教育厅已迁至景宁，这里已经离福建省很近了。那时，我大姐二姐也分别就读于浙江师范学校和浙江商业学校，她们都在碧湖镇住校，因此，我们全家就只有我父母以及我小姐和我四个人在景宁县住了下来，一家人分散在各地，直到抗日战争胜利后，才回到杭州。

  这一路逃难的过程，听我母亲讲是非常艰苦困难的。当时什么交通工具也没有，大件行李由于是省教育厅集体组织撤运，所以一路上由教育厅雇大车集中押运，而所有的人员不论男女老少便只能用两条腿走路了。我和我小姐姐两人因为年纪太小（只有一岁多和两岁多），所以我父亲雇了挑夫，一根扁担两个箩筐，把我们两人挑着走。听我母亲说，我们凡是走陆路，大部分时间都是雇当地挑夫挑着我和小姐姐走的；还有一些路程，是用当地的独轮车，载着我和小姐姐走的，这种独轮车很有意思，中间只有一个大轮子，轮子左边载小孩子，轮子右边可以放一件行李，就这样，走了好多县城……若遇到可以坐船的地方，就全家坐船行驶一段。逃难路上，旅途劳累肯定不用说，最可怕的是有时还会碰上日军飞机的空袭扫射，我母亲说，在逃难路上，我们有三次藏进山洞为了躲避飞机空袭。至于饮食，这么多人就更困难了，饥一顿饱一顿的，我母亲说有一次大家到达一个地方，由于刚被日军飞机轰炸过，有许多人就在废墟中找食物，挖出豆子来充饥……就这样，我们这支教育厅组织的员工逃难队

"逃难路上"的独轮车

伍，用了一年时间，走走停停，才最后到达浙江省南端的景宁县，在这个偏僻的、四面环山的小古城中安顿了下来。

日军在攻下杭州、绍兴、宁波等较大城市后，他们的主力部队接着向西去攻打南昌、长沙等大城市，浙江省东南部地区倒是一直没有日军攻过来，但由于浙江省东南部驻有中国军队以及空军机场，所以日军飞机还时不时来轰炸扫射。我们在景宁县住下后，还经常要躲避空袭，只要警报一响，我们全家就要躲进盖着棉被的桌子底下（其实也不见得有用），这些情况我自己就已能记得了，因为我在景宁县住了大约有七八年，四五岁以后的事情，我大体上都还能记得。

大户人家

我对我童年时的住处，印象仍十分清晰，我在这个古老的大院落中从三岁住到九岁多。

那是一个超大的院落，现在看来很可能是一户大地主或者当地土豪的宅第，我记得中间是一个很大的内院，四周全是用围廊连起来的房子。中间的大房子是两层楼的，大堂很大，还供着一些神主牌，供桌两旁有很多木椅子。其他几面全是单层的房子，还套着几个小一些的内院。

我们家住在中间内院一侧的房子里，中间那两层的大房子是房东家，内院其他的大部分房子都被当时的省教育厅职工们居住着。（我们家对面是吴先生和吴师母家，吴先生是我父亲在省教育厅的同事。）这个地主庄园究竟有多少间房子我也不知道，反正很大，连着这一大片房子的北边，还有一个戏台。

我印象最深的是，在进这大院前，有一个空旷的前院，面积也很大，像个小广场，这里有一个小池塘，池中常常游动着鸭子。前院一侧是一片有围墙的菜田，里边种着许许多多蔬菜瓜果之类的东西，还有很多棕榈树。这地方是我们几个小伙伴最爱去玩儿的地方，我们几乎每天都要到这个农院中玩捉迷藏的游戏，在菜田、树丛中跑来跑去，有时还

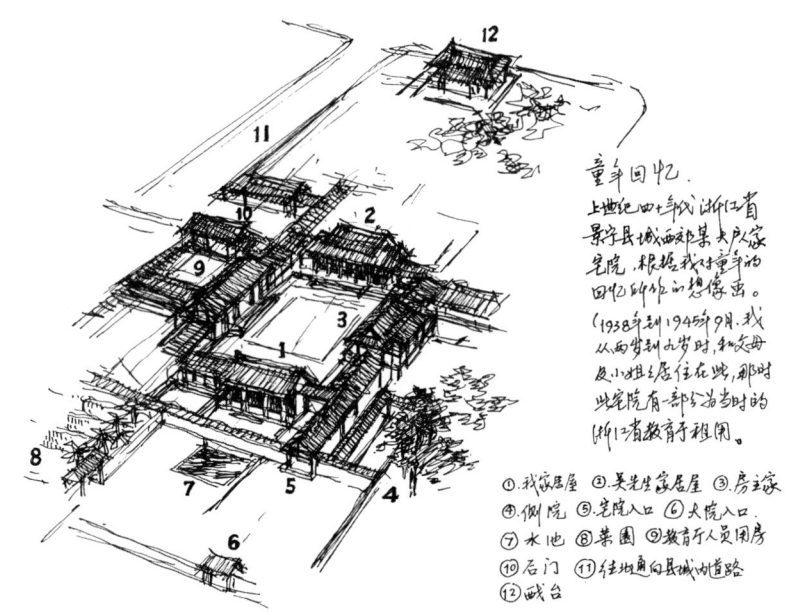

20世纪40年代浙江省景宁县城西郊某大户人家宅院

能偷摘番茄吃。最惊险的是，有一次我们围在一棵形状很怪的树下，这棵树不高，树枝分叉很多，我们之中一个岁数比较大的男孩子爬到树杈上，摘下很多很奇怪的果子扔给我们。这些果子细细长长的，长得像鸡爪子，又像缩小的生姜，曲里拐弯的，粗细像铅笔一样，颜色像熟了的猕猴桃的那种棕黄色，也不知道叫什么名字。这果子（我只好这样称呼它）不用剥皮，吃到嘴里特别甜。正当我们吃得高兴时，忽然听到一声大吼，一个农夫向我们追过来，吓得我们真是屁滚尿流。我们树下的孩子一下子向院外逃散,那农夫还边追边骂,我一口气跑回家中,心狂跳不止,一直不敢出来,也不知道树上的那位小哥哥有没有被农夫抓住……这件事印象之深,直到今天都还记得,但我印象最深刻的却并不是害怕,而是那种长在树上的能吃的奇形怪状的水果。几十年来,我在杭州,在全国其他城市,甚至在国外都没有见过这种水果,至今都不知道这种水果的名称,我后来问过好多人,都说没见过。

在这所大院内,最热闹的便是过年。每年除夕有一群人在院内敲锣打鼓、放鞭炮,还有舞狮子的,小孩们围着哄闹,嘴里吃着炒黄豆、炸焦的番薯片、米花糖之类的东西,这是一年中我们最期待的一天了。

这个大院落的房东(估计就是这家的主人)是个花白胡子的老头,对人很客气——他们本地人说的当地话,我们一句也听不懂。每年过年,我父母都要带我和小姐姐到他家中拜年,他会让我父母在厅堂中坐坐,吃茶,然后叫人塞给我们小孩子很多番薯片和炒花生之类的吃食。我后来听我父亲说他姓蓝,也是一个读书人,我今天回想起来,他可能是个少数民族。

现在浙江省景宁县已改为畲族自治县了。七十多年过去了,也不知道这个传统的大院还在不在,多半是不在了吧。

但我还时常回忆起当时在那里住的情景，砖瓦草木仿佛都历历在目，我总是情不自禁地想要把它画出来。

在戏台下看草台班演戏

在景宁时，我五岁就上小学了。在这样一个偏僻的小山城，根本就没有什么幼儿园这样的学前教育。我父亲上班，家中母亲要照料两个五六岁大的小孩，忙不过来，于是我父母决定把我和小姐姐两人都送到新办的"建国小学"去上学。这所小学还是浙江省教育厅迁到景宁后由教育厅主办的，大都招收教育厅员工的子女，同时也招一些当地的小孩子。我在建国小学从一年级上到四年级，读到五年级时，我九岁，1945年8月15日，日本鬼子投降了，我也就不继续念了。1945年11月，我随着父母返回了杭州。

在小学上学期间，老师教我们识字、写字，至于教的其他什么功课我也记不得了，反正后来我父亲对我说我和小姐姐会识字和写字都是小学老师教的，现在想起来，这小学前两年可能和现在的幼儿园大班差不多。

上学期间学习的事记不住多少，但在课堂外及放学回家路上的有些事反倒记得起来，我想绝大多数孩子可能都是这样，小时候玩什么吃什么都能记起来，学了什么就不容易记起来了。

景宁城的夏天，气候异常炎热，还特别潮湿，蚊子苍蝇臭虫尤其多，我们这些小孩全身长满了痱子，痒起来就只能用手乱抓。有时候有些痱子会聚在一起，成为一个大的红肿的疮，我们都称之为"毒疥头"，这个红疮有时会长出一个白点，那就是脓头，脓疮破了，结个痂，也就不痒了，我们对这种情况，也都习以为常了，并不觉得怎么样。那时候哪有什么医药之类的东西，我是在抗战胜利后回到杭州，才知道生病可以到医院看医生、吃药，也生平第一次吃到了"棒冰"。

那时候，小学放暑假根本没有暑假作业之类的东西，放假了，就是回家玩儿，小孩子玩儿的花样和内容确实挺多的，恐怕比现在的小学生玩得有意思多了。譬如，抓棕黄色的毛毛虫，用来钓田鸡（青蛙），连鱼钩之类的东西都不要，直接用线扎住条毛毛虫绑在竹竿上，举着竹竿把毛毛虫在水稻田中一上一下地跳动，一会儿就会有一只绿条纹的大田鸡蹦起来咬着这毛毛虫饵，拉起来后大田鸡都死不松口，就这样一只田鸡就到手了，容易得很，一个下午可以钓上几十只。但我们从来不敢拿回家里去，当地人是忌讳吃田鸡的，如果拿回去被人看到，是要遭到呵责的（现在看来，当地农民的这个习惯确实很好）。等过够了钓田鸡的瘾，我们会把这些装在布袋里的田鸡倒回水稻田中。这只是夏天的一种玩儿法而已，天气太热时，还可以到附近的小溪中玩水，玩儿的花样也很多。

我上小学是走读，每天早晨我和小姐姐结伴由家中去学校，一般是从我们住的大院向南向西穿过好几个院落，然后走出这个"大宅第"，出门后一路向西，就到县城中了。一路上，我们每天都会路过一座小戏台。

我对这戏台印象颇深，后来我上大学学建筑学专业，再后来从事剧场建筑设计，还参加过《中国剧场建筑史》的编写工作，看到和调研过不少中国传统的"戏台"建筑，譬如颐和园德和园大戏台、北京什刹海恭王府内的戏台、北京大栅栏一所大四合院内的戏台、颐和园听鹂馆院内的大戏台、山东蓬莱阁景区内的一个戏台，以及天津、北京、济南一些会馆内的戏台……每次看到这些传统的戏台，我都会联想起儿童时代在台下看过戏的、这座景宁县城里的小戏台。和那些大戏台比较起来，景宁县城内这座戏台无疑是比较小的，甚至是简陋的，肯定比不上北京颐和园、恭王府乃至天津一些大会馆中的戏台的规模和品级，但是景宁县城中这座戏台的形象，依然在我的脑海中乃至心目中生根定型，久久抹不去，我想其中原因，就在于在这里我多次在戏台下看戏，

忆故乡

并感受到了舞台和戏剧的魅力,那种在童年时期对视觉和脑海的冲击往往是会永久保留下来的。

我记得我那时大约是八岁(按年份计算就是1944年了),大约是小学三四年级,我和小姐姐从家中出大院后门,然后大约步行五六分钟,就到了一条东西向的县城的大街。在这个T字街转角,有一个小广场(其实就是一片空地),广场北端就是这个戏台,戏台不大,我回忆中也就是宽5米、深4米左右的台面。但戏台面很高,我们当时才八九岁,走近了站在台下根本看不到台面,我们要么只能远远地在看戏的人群外围看到戏台上演戏的人,但被前面的人挡住了很多;要么是穿过人群挤到戏台下,紧贴着戏台仰头看戏台上的人上半身在表演。总之,我们那时一直不曾看到唱戏的人的

20世纪40年代浙江省景宁县城西北T字街口戏台想象画

再见,故乡与故人

整个身子，因为我们是在上学和放学路上碰到戏台上有唱戏的，所以也没有大人来帮我们或抱我们起来看戏。

这个戏台除了过年过节演戏外，平时也经常隔一段时间就有演出，我估计是县城外乡村中有草台班子来县城演戏谋生的，这让我又想起一部老电影《舞台姐妹》中的情形。

戏台似乎是没人管理的，估计应该不是早先的县衙（或后来的县政府）建的，最有可能的便是戏台北面那所大宅院的主人建的（估计是一个大土豪或大地主），捐建这座戏台，估计也是为了做一件积"阴德"的事。

有一天放学后，我们路过戏台前，看到黑压压一片人群围着戏台，戏台上正在唱戏，我和小姐姐赶紧绕到戏台东面，但看不见，于是我们又挤进人群，一直挤到戏台前，只听见戏台上又是唱又是打，热闹得很。忽然间，一声大叫，一个穿白袍的人从戏台正前方蹦下来，然后单膝跪在戏台下大声叫喊："……呀，呀……呸！"然后只见一道白光，他又纵身跳上一米多高的戏台，手里还举着长枪，他一边唱，一边又和台上另一个穿黑袍的黑脸大汉打了起来。当时这情景惊得我目瞪口呆，觉得这场戏演得真厉害。

回家后，我和父亲说起看到的这场戏，父亲告诉我说，这出戏应该是《长坂坡》，演的是赵子龙的故事，那个穿白袍的人就是大英雄赵子龙……我当时才小学三年级，还不知

忆故乡

《三国演义》里的故事，但我从此对赵子龙这个英雄有了深刻的印象，觉得这个英雄真了不起，从这么高的戏台上跌下来，然后又能跳上去接着打。

不光是对戏台上唱（演）戏的人有深刻的印象，同时，我还对这种公众都能享受的戏台有了印象，直到几十年后我研究中国的传统戏剧舞台的时候，还总是回想起我童年时代看到的由小地方草台班子演出的那场戏和那个小小的戏台。

废弃的碉堡

从我们住的大院往北走出前院大门，再往东沿着菜园子围墙走不多远，在路边平缓的高台上耸立着一座三层高

20世纪40年代浙江省景宁县西郊废弃小碉堡

的碉堡，它是由灰色的大城墙砖垒砌成的。碉堡本身只有一个小门洞，上面有几个小洞口，估计是用来监视外面用的。这个碉堡已经很古旧，砖缝中还有杂草丛生，虽然破败，但在一片农田和附近低矮的村落民宅的对比下，仍然分外突出。

我们有好几次都跑到碉堡下去玩，每次都想钻到这碉堡里面去，但碉堡的门洞被黑木板门关住，我们进不去，直到有一次我们看到门洞开着，于是大胆地溜到门洞口，往里看去，黑乎乎的什么都看不清楚。忽然听到上面有人咳了一下，然后大声地吆喝（带着浓重的浙江口音）："耐跑进来有啥事体？"话音还没落，忽然从里边一座小楼梯上下来一个人影，向门口走来，吓了我们一跳，正想马上逃走时，那人已走到洞口，我们一看，原来是一个老头，头发胡子都花白了，脸黑黑的，但却露出了笑容，这使我们一下子忘掉恐惧，然后停下不跑了。我们之中一个比我大几岁的男孩怯怯地对这老头说我们是来玩儿的，看到门开了好奇地过来看看，这老头笑着说有什么好看的，我就住在这里，他还说你们要不要进来看看，但我们几个小孩子没敢进去……就这样，几次见面后，我们也不怕了。这老头很和气，有一次还拿出番薯干给我们吃……后来听我父亲说这老头也姓蓝，大概也是畲族人，可能是房东的本家远房亲戚，是替房东家做长工的……父亲后来又说这碉堡也有接近一百年历史了，听说以前是这个大户人家为了防卫"长毛"修建的，用途跟岗楼差不多吧，这八十年来已经荒废了，就由这个长工住着。我父亲还说你们以后不要进去玩儿了，没什么好玩儿的，但我觉得这个老头人很和气，我们已经不怕他了。

"长毛"是什么人？我们也不知道，长大后又听我祖父及父母说起这"长毛"是专门打家劫舍、杀人放火的，连我们老家绍兴一带都常用"你别哭了，再哭长毛就要来了！"这样的话来吓唬小孩子。直到新中国成立后，我上了高中和大学，学了历史才知道，江浙一带所说的"长毛"实际上就是太平天国的军队，因为他们都不留辫子，披散着一头长发。清朝咸丰年间太平天国在苏、浙、皖一带轰轰烈烈地打开了局面，太平军手拿标枪，所到之处喊声震天，使当时的官府及地主士绅们都害怕万分。我祖父和父亲老家在绍兴，我母亲老家在苏州，他们都出身地主和官宦人家，所以"长毛"这种说法一直留传下来，直到我父母那一辈人都还是这样说他们的。

20世纪70年代，我在一本《文物》杂志上看到过一篇文章，介绍在浙江北部一个村庄翻修一所旧尼姑庵的房屋时，曾在墙壁夹缝中找出一份很稀有的文物资料，也可以说是很珍贵的文物资料。这是一份太平天国时期政府发放的婚姻证书，一种说法说尼姑庵里有位尼姑将她过去的婚姻证书藏在夹墙中，在太平天国失败后以避免清朝官府的追查和迫害；也有的说法说这位已成寡妇的年轻女性是在太平天国覆亡后才出家当尼姑的，但她依然珍藏着这张"婚姻证书"，不管怎样，这都可能是一个很伤心，也很凄婉的故事。

小教堂

在景宁时，我每天上学走路还要经过一座很小的天主教堂。这座天主教堂居然出现在如此偏僻的浙南山城，现在想起来，也算是很稀罕的事了，可见当时那些西方的传教士确实在中国满处奔跑，他们的"敬业"精神，真是令人佩服。现在想起来在景宁县那种穷僻的地方，也不知道有多少畲族人真信仰了天主教。

我们每天上学都路过这座小教堂，可是我对这座小教堂的外形却印象不深。我当时才七八岁，肯定不会注意观察教堂的外形细节，但如果教堂是很高大的有钟楼什么的，那肯定也会有印象，但这种印象也没有，可见这座教堂可能是很矮小的，或者是很平凡的（和周边民房差不多）。我后来反

20世纪40年代浙江省景宁县城郊天主教堂

复回忆也想不起来，只保留有一个印象，那就是这座教堂外面是一片墙，墙上开了一些小窗，有一个大门洞，别的什么也想不起来了。这座教堂叫什么名字也不知道，但听我父母说过，那是一座"洋教堂"，仅此而已。

但我对这座教堂有另外一个印象，那就是教堂内的一幅画，这幅画深深地印在我脑子里，直到如今。

有几次，我们放学回家路过教堂时，会溜进大门洞去看看。教堂的大门洞平常一直都是开着的，没有关上门，也没有人看守，什么人都可以随便进。进门洞后是一条大敞廊，敞廊一边是一片高墙，挂着一些画框，另一边也是一片墙，但这片墙不是砖墙，而是木板墙，也开着几个窗和门洞，从这几个门洞往里看，便是一排排的木坐凳，里面黑乎乎的，光线很暗。我们年纪很小，看看这里有点儿像我们小学里的

再见，故乡与故人

教室，心想没什么好玩儿的，所以也从来没有进去过，现在想来那里应该是信徒们祈祷、听传教士布道的地方。我们对外廊上挂的几幅画，倒是特别的好奇，每次都要看上几遍，这其中，有一幅画画着一条大蛇盘缠着一个人，留给我的印象最深。

这条蛇又粗又大，张着大嘴像是要咬这个人的脑袋，被蛇缠着的这个人极力反抗，样子很痛苦，每当我看着这幅画，心里都很惊讶，同时又很害怕，心里老想着"怎么会有这么大的蛇？那个人是不是快要死了？"等等。

进教堂从没有人管的，但有一次我们进教堂门洞时看到一

20世纪40年代浙江省景宁县城郊天主教堂

个外国女人站在门洞后面,也不说话,她年纪可能也不小了,穿的是灰色的长袍,头上包戴着白头巾,我们怯生生地溜进门洞时,她也不阻拦。我们进去后,看到"教室"里有很多人,我们看了看就不敢进去了,怕被人哄赶,于是我们又抬头看了看墙上的挂画,就赶紧跑出大门外了。这个中年的洋女人连看也不看我们一眼,现在想来她应该是小教堂里的修女。

抗战胜利后,我和家人回到杭州,以后我上中学、大学,自己渐渐地长大了,也看了一些外国的童话和小说,又因为我上大学学的是建筑学,读过外国建筑史,知道了不少西方大教堂的情形,有时我就会回想我小时候进过的这座小教堂,心想这座小教堂和欧洲的哥特式大教堂以及文艺复兴时期的大教堂相比,那真是天壤之别。

20世纪80年代之后,我多次去欧洲各国,每当我去大教堂参观时,我都会下意识地看看教堂里是否有挂着大画的。特别是有没有画着大蛇的,但每次都没有见到过,在那些哥特式的大教堂,例如米兰大教堂、巴黎圣母院、伦敦威斯敏斯特大教堂,还有文艺复式时期的罗马圣彼得大教堂、伦敦圣保罗大教堂等里面,我都没有看见教堂里墙上有挂画片的,墙上都只有雕刻,穹顶上才有壁画……我于是猜想,那座七八十年前位于中国东南部穷乡僻壤的小天主教堂,可能当时传教士连盖教堂的经费都凑不齐,可能是借用一所大民宅改造成教堂凑合着使用，哪里还有钱去搞雕刻或者画壁画呢？用几张印刷的画片挂在墙上就算有教堂的气氛了，估计就是这样的。

至于那幅大蛇盘人的画究竟代表了什么意思，我始终也想不明白。我后来知道，天主教（基督教）圣经中并没有谈到过大蛇的事，只是在宗教神话（包括古希腊神话）中有过一些蛇的故事。在基督教中，蛇是邪恶和奸滑的化身，在伊甸乐园中引诱亚当夏娃偷吃禁果的那条狡猾的蛇就是典型，但正是这条蛇，促使了人类的繁衍，不是吗？在西方著名的雕塑中，有一座关于"拉奥孔"（译音）的雕像，那是两条凶猛的大蛇从海中蹿出来盘缠在拉奥孔身上并攻击他，这座雕像形象生动，令人印象深刻，但这只是希腊神话中的故事：就是这个拉奥孔，是他正在竭力大声呼喊要特洛伊人警惕雅典人的阴谋——那匹"特洛伊木马"腹中藏着敌人！而就在此时，由智慧女神雅典娜指使的两条大蛇蹿出来攻击他，才使"木马计"获得成功，而这也是天意，因为雅典娜和太阳神阿波罗一样，他们都是光明智慧、正义的化身。如此看来，攻击"拉奥孔"的那两条大蛇也是在执行正义的使命，按照这个逻辑，使用木马计攻取特洛伊城是正义的事了。那位要揭穿特洛伊木马诡计的"拉奥孔"就活该受到惩罚了，这就是强者的逻辑。可见在西方传统意识中，蛇有时也不都是邪恶的。

那么，20世纪40年代，景宁城郊这座小教堂中挂着的这幅"大蛇缠人"的画是代表什么意思呢？是在警示人们吗？我至今也不清楚。

想起这些，我不禁随手画了一幅回忆画，真实的那座小教堂里面的场景是不是这样的，我也不敢完全肯定，就是表达一个印象吧！

西方传教士们不远万里来到中国传教，在历史上，有些天主教会和当地政府勾结，欺压百姓，这确有其事；但也有一些虔诚善良的传教士，他们只是默默地传教，没有进行别的什么活动，这在中国近代史上也是有的，我在一些电影和小说中都见到过，我心想，希望景宁县的那座小教堂的传教士也是属于单纯传教的那种人吧！不知道抗战胜利我们离开景宁后，这几位传教士还在不在？他们还活着吗？他们还能回到他们自己的国家吗？这中间又有着多少人生曲折的故事啊。

第一次听到《黄河大合唱》

我从五岁起，进入景宁县建国小学读书，在建国小学实际上只读了四年书。读小学一二年级时老师教我们识字，教我们唱童谣曲，估计和现在的幼儿园大班差不多，这些事我都记不太清楚了。我的童年回忆大约是从小学三年级开始的，我那时八岁，从八岁到九岁，读三年级和四年级，这两年，对小学里的事才有些记忆。

建国小学的老师大多是教育厅职员的家属，当时在那样的乡下要本地人凑出好几名小学老师来也是不容易的，因为是家属，所以大多数是女老师。读小学的学生多数也是教育厅和省政府南迁来的一些机关职工的小孩子，也有一小半是当地的孩子。这些当地的孩子中有很多是士绅或商人的子弟，估计农民的孩子很少，那个年代农民生活非常贫苦，也很少有送孩子上学的愿望。教学的内容我也记不太清楚了，反正1945年抗战胜利后我们回到杭州，我被父母送到杭州佑圣观路小学上课时是上五年级，我第一次拿到了课本。当初在建国小学上学，读了四年书，是没有课本的，全是老师用嘴讲课，我们就在下面听着，但好歹教会我们认了不少字，学会了写字，也会唱一些歌，也听明白了一些抗日的道理。

我印象最深的是小学老师带我们去参加过几次杭州初中（当时也在景宁县）举办的表演会。这些表演会大都由初中的师生们唱歌、朗诵和表演节目，演的都是抗日的内容。

记得有一次，节目是由杭州省立高中的师生们赶到景宁城来演的，省立高中也是由杭州迁到碧湖镇的，离景宁县城也就几十里路远。我头一回看到、听到有那么多人在一起大合唱——可能有上百人吧——唱歌的声音在一个大院祠堂内响彻、振荡不息："风在吼，马在叫，黄河在咆哮，黄河在咆哮……"后来我才知道这是《黄河大合唱》中的一首歌。这大约是我八岁那年（1944年）时听到的。还有一个节目，是两个头上包着白毛巾的扮成老汉的青年人在对唱："张老三，我问你，你的家乡在哪里？"……这歌谣是那样的通俗易懂，好像说话一样，感觉很直白，后来小姐姐和我也经常哼着学唱。还有活报剧，好像今天的小品，演员扮演各种角色，有短小的故事情节，有时情节太生动演员演得太逼真，扮演日本鬼子的演员会被中国老百姓观众齐声喊打的……总之，这些都是当时抗日的表演节目，多样的形式和慷慨激昂的内容使我们这些小孩的印象很深刻，现在回忆起来，我觉得很有意义。那时候浙江南部算是大后方，而在华北流行的抗日歌曲居然能在抗日大后方小城镇流传演唱，还真说明那时全国人民抗日的心情不分国统区还是解放区，都是一样的。

省立杭州初中的师生们有时还到城里来游行，他们由老师带领着，举着小旗，一路喊着"打倒日本帝国主义！"的口号，街上商铺内的人也都出来看，整条街的气氛很热烈。

我们住在景宁县城大约有整整七年之久，这期间，城里还经常发布空袭警报，这是因为日本飞机常来云和、景宁、温州这几个县城轰炸。当时在温州附近有美军机场，就在景宁、青田、温州几个县的交界处，美国飞机就是从这些机场起飞去轰炸太平洋东南部被日军占领的那些岛屿的，这大约是太平洋战争爆发后的事。后来我大哥告诉我，冲绳岛战役时，美军轰炸机也是从浙江省南部的空军机场起飞去轰炸日军的，所以日本对这个空军基地恨之入骨，常常派飞机来轰炸。每当日本飞机来轰炸时，几个县城内都会同时拉起空袭警报，因为日本飞机有时也会飞到邻近的城市来空袭扫射。每次空袭警报响起时，大人们都会赶紧拉着小孩子往盖着棉被的桌子底下躲藏，这种情况我在家中碰到过好几次。还有一次正在学校上课时，空袭警报突然响了，老师就领着我们跑出教室到学校背后的一个小树林去躲避。

我在景宁县上小学的四年，现在看来谈不上是正规的小学教育，也就是战时临时的学校吧，没有课本，也没有每天都要带回家要做的作业，但毕竟我学会了认字、写字和唱歌，在那时全民浓厚的抗日气氛下，也知道了日本鬼子是侵略者，必须要赶出去。

当抗战胜利的消息传来的时候

就在我刚满九岁的那一年夏天，一天下午，我们几个小伙伴聚在一起，正要到城中街上去玩儿时，忽然远远地听到鞭炮声，我们于是马上赶过去看，就看见好几家店的店铺门口放起了鞭炮，还有人敲起了锣，听见有人大喊："日本鬼子投降了！"后来街上人越聚越多，只见大家兴高采烈、议论纷纷，"鬼子投降了！抗战胜利了！"我们虽然还是小学生，但我们从懂事起就知道我们大家一直在抗日，日本鬼子是坏蛋，这个道理是懂的，因此当听到日本鬼子投降了，我们也都兴高采烈地在街上人群中跑来跑去庆祝，过了很久才回到家里。我兴奋地向妈妈和小姐姐报告说日本投降了，她们说："我们都知道了，房东已经找更夫在院子里敲锣喊过话了……"到了吃晚饭的时候，我父亲赶回家中，和我们讲的第一句话也是"日本投降了"！我父亲还说日本是在前天晚上宣布投降的，这消息他也是今天中午在省教育厅才知道的。日本宣布投降时间是1945年8月15日，我们景宁县得到日本投降的消息时已是1945年8月17日了，现在算起来已是第三天了，因为当时浙江省政府所属厅、委、办、局等办公机构都在丽水、云和、景宁这三个县区域内，比较分散，省属高中及高职校、师范等也大体迁在这个区域，当时这种情况，除了军队和省政府等少数单位，普通机关及老百姓哪有收音机和无线电通信设备，所以，估计是8月16日省政府和驻军得到日本投降的消息，8月17日才通知到各县政府和各机关，以致我们在景宁县得知日本投降消息时已是8月17日的下午时候了。

日本投降了！抗战胜利了！这在当时绝对是一个大好消息，对我们这群逃难来景宁的外地人来讲，感受可能比本地人还要强烈，因为大家可能都会马上想到可以北上回家乡了！的确也是这样，从我父亲的话中，我和我姐知道了省政府要回迁杭州，教育厅也要回杭州，许多南迁的学校都要回杭州了，我家每个人都十分兴奋，我的一些小学同学，大家聚在一起也都谈的是这件事。那时还是暑假期间，我们都说下学期不会再在建国小学念书了，建国小学还办不办，我们也不知道。有一天，我们几个小伙伴到建国小学去看看，进校门后只看见看门的老头，进教室后也是空荡荡的，小操场里也没有人。暑假期间，老师们也都没来，我们只好回家了，但心中都有点儿说不出的滋味，可能有点难过吧。那之后我就没再去过建国小学了。

建国小学的老师、住在碉堡中的老头、小教堂的修女、房东老大爷，还有那些令我终生难忘的景宁城的景色……我与你们就快要告别了，以后还有见面的机会吗？

现实是，这些人肯定是再也见不到了，景宁县，可惜以后七十年间我再也没有回去过，说实在的，我特别怀念这个小县城。

20世纪40年代浙江省景宁县城二牌楼

再 见 ， 故 乡 与 故 人

胜利返乡

返乡路上

终于等到回杭州的时候了，1945年11月，我家随着省教育厅的返杭队伍从景宁县动身返回杭州。

这可又是一段漫长的旅程，八年前，我家从杭州逃难出来，由杭州往南，途经好多个县城，最后定居景宁县，路上一共用了一年多的时间（中间在云和县住了大半年）。这次返乡时间是在20世纪40年代，抗战期间，兵荒马乱，当时又没有什么交通工具，当然比不上现在（从景宁到杭州也就是一千多里路程，坐火车或坐汽车顶多也就是几天的时间），虽说抗战胜利了，路上会太平些，但交通条件也不可能马上会改善的，所以我们这趟回杭州，总计还是花了大约一个多月的时间。

先是我父母和我们姐弟俩由景宁县到达云和县，接上祖父后，又随教育厅的返乡队伍一起到碧湖镇，在那里又接上了在碧湖镇上学的我的大姐和二姐（此时我大哥和二哥已经在前两年分别考上中央大学和浙江大学了，他们在成都和贵州遵义县上学，1946年才回到杭州来），我们全家会合后，又随教育厅的大队伍北上，经过丽水县，再到缙云县、永康县，最后到达富春江边的兰溪镇。这一路上全都是由教育厅雇上两轮板车，连人带行李都在板车上，由毛驴拉着走的。这可是一支大队伍，至少也有一百多辆板车，一辆接一辆绵延好几里长，这种板车一天走不了多少里路，所以由景宁到兰溪停停歇歇也走了十几天。

到了兰溪镇后就准备换走水路了，也就是要坐船北上去杭州，这一路的历程，大部分我都只记得很模糊的情形，但依然有几件事情让我难忘。

生平第一次吃到肉丝面

一碗肉丝面值得写进书里吗？也许有人会觉得很好笑，但我之所以在这里特别记下这一笔，是因为就是这区区的一碗面条，竟使我记了好几十年！在后来的几十年中，有好多次我在外面餐馆吃红烧牛肉面或者在家有时自己做肉丝面时,总是觉得,这些面条再也比不上我九岁时在兰溪镇上吃到的那碗肉丝面那样好吃了。1945年抗战刚胜利时的兰溪镇,一个泊船码头上的小饭馆做的肉丝面,能好吃到哪里去?但这居然能使我久久不能忘记!我后来想,可能就是因为那个食物跟那段难忘的记忆联系在一起,凡是人在童年时吃到过的好东西,往往是一辈子都不会忘记的,就譬如说现在北京的中年人,还常常会想起他们小时候吃到过的五分钱一支的小豆冰棍,这个道理是一样的,让人回味的是味道连着的那段记忆。

兰溪镇是一个靠江的大码头,到杭州去坐船都要从这个码头下船,我记得那是我们到达兰溪镇的当天晚上上船之前,差不多我们这支返乡队伍中的所有人都到镇上的小馆子去吃饭了。估计是逃难八年,一直过着艰苦的生活,现在抗战胜利了,光复返乡,已到达兰溪镇,眼看再有一个星期左右就可以返回杭州了,于是所有人心里都夹杂着一些兴奋与高兴的情绪,再加上可能政府给每个职员都发了点儿返乡费,作为路上的盘缠,所以在上船之前,大人们都带着孩子去馆子里吃饭了。这对我来说,是人生中第一次到小馆子里吃饭,对大人们来讲,也可能是自1937年逃难以来,整整八年来第一次上馆子吃饭了。

1945年10月在兰溪镇上吃的这碗肉丝面，事实上肯定也好不到哪里去，面条是否爽滑、汤汁是否鲜美，其实我记得并不是很清楚，但它在我记忆中是如此的美味，生平难忘，不仅把一碗面条全部吃完，连汤都喝得精光。可不是嘛，我从两岁到九岁生活在景宁县，就算我六岁时开始有记忆，也从不记得在景宁吃过什么面粉做的东西，更不用说什么有肉丝的面条了，何况是在浙江南部的偏僻地方，抗战期间，压根儿就没有面粉，只有糙米和番薯做的东西吃，因此我才会对吃面条这件事记得那样清楚，事出有因嘛。但是返乡途中的这一碗面条，不仅仅是填饱了我的肚子，带给我的更是要回家的安定、温暖、美好的感觉。

富春江上

另一件值得写下的事便是在富春江上乘船了。这富春江，是我后来上中学地理课时才知道的，我九岁时哪会知道这条江的名字。那时坐船也是生平第一次，我记忆中，这种船也不小，我们全家七个人都能挤在这一条船上，都睡在窄窄的船舱里，由船夫在船尾甲板上生炉子做饭炒菜供大家吃。我和姐姐们白天总是跑到船首和船尾的甲板上，看着船夫摇着船橹觉得很新鲜。这船舱上有一个大乌篷，船尾甲板上还放着一个马桶，睡在船上总觉得摇摇晃晃的，我年纪小，无论怎样都能睡得着，可我的祖父却老是唉声叹气，估计他是根本睡不着难受吧。

富春江的江水是碧绿色的，水很清澈，但深不见底，到了晚上，这江水黑黑的，月亮出来后，在深黑色的江波上泛着亮光，四周非常寂静，偶尔能听到江边山上树丛中发出的尖啸声，我父亲说那是猴子在叫。我坐在船舷旁，把手伸进水里，感觉到江水流得很急，江水在我手掌上激起一阵阵浪花。

富春江上

几十年后，我偶然读唐诗，读到一首孟浩然的《宿桐庐江寄广陵旧游》：

> 山暝听猿愁，沧江急夜流，
> 风鸣两岸叶，月照一孤舟。
> 建德非吾土，维扬忆旧游，
> 还将两行泪，遥寄海西头。

我读到这首诗时，脑中马上就联想到我小时候在富春江上坐船时的情景。孟浩然当时是在建德到桐庐这段江上乘船的，这就是富春江，想不到一千多年前，他的诗中描绘的景色，和我们1945年坐船沿这条江航行时感受到的竟然一模一样！

富春江，这条依山而流、名闻天下的景色如画的大江，我以后再也没有去过。在交通发达的今日，恐怕再也没有机会坐乌篷船夜航了，回想起来，我在童年能坐船沿富春江航行，也真是难得了。

我们在江上航行了三四天后，船队到达杭州南星桥码头。杭州，我的故乡，我的出生地，在逃离它八年后，我们终于回来了！

回到我出生的地方

下船后具体是怎么到家的我现在已经不太确定了,但我依稀记得是有省教育厅的先遣人员来码头接船队,并安排各自回家。我第一眼看到我的"老家",居然是一处破旧不堪的房子,我当时第一个印象,就是我们在杭州的老家比在景宁县时住的那户人家的房子差多了。

回到老家,我们一行人踏入家门,就发现这房子中居然还有人住着没有搬走,我祖父很是恼怒,因为他们住的正是他以前住的院内靠东面的两间正房。我祖父就问陪我们回来的先遣人员这是怎么回事,这时,忽然从里面走出一个中年妇女,还带着两个小孩:大的女孩比我还小,小男孩刚学会走路。这个妇女一见我们就扑通跪在地下,哀求说不要马上赶她们走,说能不能再宽延几天,这时陪我们回来的省府先遣人员很凶地对她说:"前几天不是已经说好限你们三日内必须搬走嘛,怎么还不走?"那妇女只是磕头哀求,说还没有找到房子,这情形又是我生平第一次看到有人下跪并磕头求饶,令我印象颇深,久久不能忘记。后来这位先遣人员答应了这妇女先腾出现在占用的房间,马上搬到前院东面厢房去,并再给三天宽延的时间,我们全家才都安顿了下来。

怎么会发生这一幕？这妇女见了我们怎么会这么怕？后来我父亲告诉我们，这个妇女的丈夫是个汉奸，搬进我家老房子已有好多年了。1937年我家逃离杭州后，这房子没有人管理，临走前，父亲曾委托邻舍照应，但实际上也没有什么用处，日本占领杭州期间，一个汉奸想占用这所房子，普通老百姓哪里敢吱声？于是他们就住了进来。这个汉奸在日本宣布投降后没几天就不知逃到哪里去了，留下他的老婆和两个孩子也不管了。我母亲听我父亲说了这情况就骂道："这个没良心的坏人！"过了两天，这妇女带着两个小孩子搬走了，她临走前来向我父母告别。我母亲还塞了一包吃的东西给她，她连声道谢，并说这两天她一直在找房子，也没做饭，孩子们是很饿的。这两个小小的孩子，睁大双眼的那种眼神我至今还有点儿记得，可怜的孩子，他们什么都不知道。

我们在杭州的老房子是祖父祖母留下的。这房子占地其实不大，不到一亩地，也就是大约宽十几米、纵深三十几米的一块地皮了，但在这样一块不大的地皮上，居然盖出有十六七间房间的房子，中间还是二层楼，除了房间之外，还留出六个天井，还有一口水井，现在回想起来，盖房子的工匠（或者设计师）真是了不起，这本事恐怕现代的建筑师们都不见得能轻易想得出来。

回到老家后，我和我姐第一件事便是兴奋地楼上楼下到处跑动。对房子本身这里也就先不说了，最为令我们高兴的是，我和我姐每个人都在楼上有了自己住的一个房间。

回到老家后，有另一件事使我久久难忘，那便是我生平第一次看到了我祖母的照片。她这张照片尺码很大，黑白照，镜框及照片是长方形的，但中间部分却是椭圆形的。从照片上看起来我祖母大约五十多岁，脸容很疲倦的样子，但双眼却睁得很大；她头上戴着南方老太婆常戴的那种"帽子"，实际上也算不上是帽子，只是两片黑色的瓜皮状的箍把脑袋围起来，上面是没有帽顶的。我祖母的照片就挂在后厅墙中间，正对着亭子间。

我母亲说我"娘娘"（即我的祖母）是在去世前几天，在病床上被人扶起来照的相，请照相馆的人来照的，说当地的规矩是人一辈子一定要留个相片，这是我祖父坚持要这样做的。我祖父说，这张娘娘的相片是在抗战爆发前几年拍的，十几年前的事了，当时我和小姐姐都还没有出生，照完相后没几天祖母就去世了。我母亲的这番话使我对娘娘的这张照片又产生了一些畏惧感。

每次我们到楼上去或者下来到别的地方去都要从老祖母的相片前走过，不可思议的是，她老人家的眼睛似乎总是一直在看着你。我有时候很害怕，快步从这边跑过相片，到那边后回头一看,她老人家的眼睛仿佛也跟过来又盯着你看,这使我和小姐姐很害怕,每次走过这相片前都不敢去看。

我们也不敢去和祖父说这件事,好在一段时间后,大约祖父知道些什么了,他便把祖母的大相片收起来了。老祖母的相片整整在墙上挂了十几年,在杭州沦陷时期,一个汉奸住在这幢房子里好多年,他们居然也没有去碰这张相片,不知道是什么原因,也许是这个汉奸也有点儿迷信吧!

我与祖父、父母、大姐、二姐和小姐合影(前排左一为作者)

动荡依旧

抗战胜利了,老百姓都期盼着能过上太平日子,谁会想到,好景不长,抗战胜利后的几年,在国民党占领区却是社会上更动乱的几年,也是老百姓的日子更艰难的几年。

记得当时有部电影名叫《一江春水向东流》,是个系列片,有上、下两集,上集叫《八千里路云和月》。这部影片的主题是"八年离乱,天亮前后",确实,八年离乱是过去了,但天是否就亮了呢?这部电影描述的内容中,很多地方展现了有钱人家的生活。当然,电影中的女主人公的命运是很凄惨的,但普通老百姓是根本过不上男主人公那种豪华生活的,大多数人依旧过着困苦艰难的日子,真实的情况是:八年离乱,动荡依旧。

我们回到杭州时我刚过九岁,到1949年5月杭州解放时,我刚好十四岁,这四年多时间中,我在小学读了两年,在初中也读了两年,对这段时期的回忆,记得还是比较清楚的。在我的记忆中，那些年间印象最深刻的是下面几件事（大事和小事）。

"米珠薪桂"和抢米店

1947年我小学毕业，考初中时虽然考上了省立杭州市初级中学，但只是备取生，原因是国文成绩不好，我父亲很不高兴，对我说："你怎么搞的，这么不用功！"后来父亲把我带到教育厅他的办公室，请他的同事许先生给我上国文补习课，每周一次，一个暑假共上四次课。

许先生戴着眼镜，四十多岁，人很和气，他笑着对我说："不要紧，慢慢来。"第一次补习课，他给我写了四个字"米珠薪桂"，然后问我：知道这四个字的意思是什么吗？我看着这四个字，一头雾水，说不出来，他就笑了，说我给你讲一些成语故事吧。（后来从他那里我明白了好几十个成语的意思，我一直很感谢他。）

再回到"米珠薪桂"这个成语吧，许先生告诉我大米像珍珠，烧火用的柴禾像桂皮，这"米珠薪桂"的意思就是打比方，说明大米和柴禾价钱贵得惊人！

那年头，现实确实如此。法币在国民党占领区是法定的货币，抗战前就已经用了，抗战胜利后还接着用，但比起抗战前已贬值了许多。我听到我祖父不止一次地说过，他说民国时候（大约是抗战爆发前十几年的时候吧），一块银圆（大洋，俗称"袁大头"）可以办一整桌上等的酒席，而现在几十万元法币也就只能买一斤肉……当然，法币和大洋是没法比的，但现在已经贬成这样子了，而且还不停地在贬值，有时候隔一天就能贬值十几倍。我清楚地记得，我上初中的时候，有一次我父亲拿回刚发到手的薪水（工资），让母亲马上去米店买米，说是去晚了米价又要上涨了，据说有时候一天内米价就能上涨两次，上午涨一次，下午换牌又涨一次。随时随地都在涨价，老百姓像疯了似的，成群的老百姓快挤破米店的大门了，都在抢购大米，米店因此也常常关门。

有一次我放学回家，路过河坊街时，听到警笛声大作，看到好几个警察正在驱散围着一个米店的老百姓，米店大门紧闭，但其中有一扇大门板已被群众砸破，人声嘈杂，警察和老百姓都在喊叫着。我远远地驻足观看，听别人说这是在抢米店，回家后听母亲说，这种事已经发生过好几次了，母亲说这怎么办，都不敢再去米店了。

那时候物价飞涨，货币贬值，真像天马行空不受控，没过几个月，法币贬值了几千倍，也就是说，原来一元多钱的东西，现在要用上万元钱才能买到。我亲身经历过，最贵的

老百姓争购大米的情景

时候买一个烧饼夹油条要几万元；我亲眼看见，有一些人提着一大捆一大捆的法币去买东西，商店里随便什么东西价钱都要几十万元甚至几百万元。那时买东西从来不用一张张地数钱，全是一捆一捆地点钱。

公务员的薪水当然也在涨，但这薪水哪里涨得过物价！我印象最深刻的是，我念初中一年级时，我们中学的学费开始不收钱了，而只收大米，这使我们家非常困难，我和我小姐姐当时都在念初中，两个人的学费加起来每学期要交三斗大米！有一学期我父亲实在交不出大米，无奈之下只能欠交学费。这笔大米学费后来一直欠着，好在我念初中二年级时，杭州解放了，后来学校里也没再催我们补交了，估计当时欠交大米学费的学生也很多。

货币贬值在解放前夕越演越烈，国民党政府一看法币不行了，就宣布用金圆券取代法币（金圆券和法币的比价我现在记不得了），反正这两种货币比价大得很，也许是一元金圆券等于十万法币吧，我也记不清楚了。但没过多久，市面上金圆券又开始快速贬值，当时国民政府还几次正式宣布金圆券贬值的通令，这下子，人们又开始抢购黄金白银了，但老百姓又能有多少钱去购买黄金白银呢？家中能弄到几块"袁大头"的就算很富有了。那时候我中学放学回家路过河坊街或者清河坊，以及再远一点的羊坝头等地时，天天都看到一群群的"黄牛"们，手上拿着一叠银圆，咔嚓咔嚓地往上抛着，在招揽买主……这也是那年头的一景。

从抗战胜利到1949年5月，短短不到四年的时间，老百姓想过太平好日子的希望完全落空了。

被罚站在讲台上

1945年抗战胜利后国民政府收回了失去的领土，老百姓慢慢恢复了心情，对将来生活和过日子有一些希望和向往。我记得当时是在上小学，我常常看到大街上有标语、海报，庆祝"国民大会"召开，庆祝中美友好，庆祝蒋介石就职等等，罗斯福总统和丘吉尔首相的名字连普通老百姓甚至小学生都知道。我们小学也开始清除什么"奴化教育"，废除日占时期规定的学生见了老师要行九十度鞠躬礼，禁止学生和老师见面讲日本语问候（据说以前学校里都兴这个），在每周一早上还要举行纪念周会，要集体背诵《总理遗嘱》，等等。我们一批刚从浙江南部随省政府返回杭州的插班生心情大好，觉得我们前几年在景宁上小学时，都是爱国教育，而现在这些小学，以前都还是奴化教育，所以我当时似乎觉得这小学原来的学生老师都不怎么样。

其实我回杭州插班上小学时最大的障碍是和本地人之间语言不大通畅，因为我九岁以前就没有听过杭州话，而现在差不多所有当地人（包括小学的同学、老师）都讲杭州话，就连商店街坊、行人、黄包车夫等都讲杭州话。这杭州话和正规的吴语系，譬如上海、苏州、湖州、嘉兴、绍兴、宁波、诸暨等地的语音是完全不一样的，它是南宋时期形成的一种南方官话，很是特别。我家中父母、祖父等也是从来不讲杭州话的，我是从回到杭州起才开始学习和适应杭州话的，所以我开始时在课上课下都不大听得懂，有些孤独感，原来的本地学生也和我们有些距离，不大理我们。平时我们几个插班生常常抱团在一起玩儿，当时的情况就是这样。

有一次周一早晨举行纪念周，在背诵《总理遗嘱》后，校长训话，他说什么我也记不得了，好像有提倡国货什么的，我当时正和旁边的同学说话，忽然间听到校长大声说："第×排中间的那个学生，你上来！"……我扭头看见他用手指着我，我一下子很害怕，我很紧张地走到讲台上，他大声斥责我，说我在台下讲话，要我罚站。那一次我在全校几百个学生面前，在讲台上低头站着，直到周会结束。那天中午放学后回到家中，我很委屈地向我父亲哭诉，我说这个校长对学生太凶了。我还说这个校长见到学生时，还要学生向他鞠躬，而且要九十度鞠躬，我向父亲告状说同学们都说这是日本式的礼节，是"奴化教育"等。我父亲听了后没说什么，只是说："你以后在纪念周会上别乱说话了。"过了一会儿，父亲又说："你以后也不要再向别人说什么奴化教育了，小学生不用管这些事。你一个小孩子，懂什么叫奴化教育。"

但这件事使我心里一直不痛快，我后来和同学们谈起此事，大家都说："这个校长在日本统治期间就是这个小学的校长，当时小学生还要学一些日语呢！现在他还这么凶，这不是奴化教育又是什么？！"好在这位校长在半年后就离开学校了，但我被罚站这件事我却一直记得，在几百人注视之下，被叫上礼堂讲台罚站，一个人一生中也顶多一回吧？我那时十岁了，那种尴尬、难为情至今还记得。

学校中的乱象

我小时候上小学和初中都是自己走着去上学的，小学离家很近，十几分钟就到了，但初中离家很远，走着去至少要花45分钟，所以我每天早上很早就从家中出发，母亲还给我准备了一个饭盒（中饭），下午四点半下课后自己又走回家中，一路上要经过不少街、坊等。这段时间内，我印象很深的便是新中国成立前一两年学校里乱糟糟的。我父亲曾问起过我学校里的情况怎么样，我跟他说了，他听后只说了一句"乱象丛生"。

我记得那段时间内常常停课，有时候学生在教室里坐等老师来上课，忽然就有人来说这堂课不上了，为什么呢？原来是任课老师不来了，课就不上了，真是莫名其妙。有一段时间，我们的国文课停了有两个星期，直到后来由另一位老师来代课。怎么回事？我们原来的国文老师究竟到哪里去了，没有人知道，但我们学校的校长和训导主任肯定知道，只是他们不说而已。

我们班的国文老师，姓什么我现在确切地记不起来了，也可能姓黄吧，他担任我们的班主任和国文老师也只有半个学期的时间。在我们学生的印象中，他人很和气，喜欢和学生们聊天，虽然与我们相处只有三个多月，但我对他这个人的印象很深。记得有一次，他叫我们几个学生到他宿舍房间里去玩儿，他拿出几本小说让我们看，说这是课外书，很好看的，我拿到的是一本《汤姆·索亚历险记》，另一位同学拿到的是一本《伊索寓言》，他对我们说，课堂及教科书的东西只是必读内容，而课外书要多看，才能真正地长知识。黄老师对学生很关心，问我们家里家长都是干什么的。有个同学说他家是开小店的，还有我们几个都说父亲是政府的职员，他听了叹一口气说："大家日子都不好过啊。你们看看，现在钞票不值钱，你们父亲那点儿薪水能买多少斤大米？"我们几个学生听了他这些话就都不吭声了。

后来有一次，我们又到他宿舍去玩儿，他就向我们几个学生问起林××为什么没有来，我们说林××已经不来上学了，他听后忽然淡淡一笑，说这是一定的事，他父亲打了败仗，不知跑哪儿去了，他还能在杭州念书吗？我们当时听黄老师说这样的话有点儿摸不着头脑。

就在这位林姓同学离开学校后不久，就发生了上面说的因为黄老师缺勤，国文课停课的事。黄老师上哪儿去了？谁也不知道，有学生问别的老师们，别的老师们也都只是说不知道。一个中学老师，好端端的，怎么忽然不来上课，人也不见了呢，我现在想起这件事，总觉得有些蹊跷。

黄老师是个二十多岁的年轻人，看起来脸容清瘦，人长得很秀气，只是鼻梁中部有些微凹，下巴有些突出，我们一帮大男孩大都是顽劣淘气之辈，私底下给黄老师取了个绰号叫"渤海湾"……现在回想起来，就只是为这个绰号，我心里也十分愧疚。以后几十年过去了，再也没有打听到黄老师的去向。

　　再回来说到那位林姓同学，他是在初一下学期来班里的插班生，他个子不高，在我们一帮男生中数他最矮，但他身体非常结实，胖墩墩的。可是他喜欢欺侮人，喜欢找人打架，有一次打架玩儿他压在我身上，都没法把他翻过来。他脸上红扑扑的，眼睛特别大，我至今都还记得他。林××自己告诉我们，他父亲是国军的将军，正带兵驻守在杭嘉湖地区。他上学时每天中午有勤务兵给他送饭，有一次，林××看我带的饭盒内只有米饭和炒青菜，他很不屑地说："就吃这个？！"他的饭盒中经常有红烧肉这种菜，总是能馋到我们。还有一次，他邀请我们几个同学到他家中去玩儿，他家在东浣沙路，是一幢小洋楼，门口站着一个卫兵，他说他家才来杭州没几个月，就住在这里。我当时看到这幢房子大门边的墙上贴着一张有框的表格，上面有两个特别大的字："甲下"。这我看得懂，这是当时市政府对城里每一幢房子的评估等级，我家老房子门口也贴有一张同样的表格，上面的大黑字是"乙下"，这说明我家的房子比林家的房子质量不止差一个等级，林××曾问过我家住什么等级的房子，当我说是"乙下"时，他听后有些不屑地说："你爸在省政府工作，就住这样的房子？"他不知道我家的房子是我爷爷在二十多年前购置的，现在我爷爷已退休在家，我父亲只是一个职员，有自己的房子住就不错了。

我刚上初中的那段时间里，班上的插班生陆续不断，有四五个插班生先后到我们班上来，他们肯定不是通过什么考试进来的，看来是学校接到上面的指令接收的。这些插班生中，年龄最小的便是那个林××，而年龄最大的居然是一个十九岁的北方姑娘，她个子足足比我高出一个脑袋，她上课时坐在教室的最后一排，这情景有些滑稽。她不大理我们这些小男孩，放学时有人用车来接她走，看起来也是一位官家子弟。我真搞不明白她这么大了，为什么还要插到我们初二班来，没过多久，新中国成立前夕，她也不来上学了，和那位林××一样，某天突然就不见了。我记得我回家后向父亲说起过学校里这么多短期插班生的事，他听了也只是苦笑，没说什么。

街上的游行

新中国成立前两三年，杭州城里有过好多次群众游行。

大多数情况下，是学生们组织的游行，有抗议浙江大学学生于子三被当局迫害致死的大游行，有支援抗议美军强奸北平市大学生沈崇的游行，有支援上海大学生去南京向政府请愿行动的游行，还有反饥饿反内战的大游行等等。我在初中时放学回家的路上，在河坊街、清河坊、羊坝头等热闹的街道上见过游行，其中印象最深的便是反饥饿反内战的大游行了，估计是在1948年左右。

在我记忆中，那次游行队伍可能有好几百人，大多数人看起来像是大学生，当时杭州大学的并不多，主要是浙江大学，还有之江大学、华东艺专等高校的，这些学生他们都举着横幅，标明是哪所大学的，但我也看到有一些高中和技术专科学校的人，人数不多。他们游行时路旁行人都驻足观看。

游行队伍都举着小旗帜，还齐声喊："反饥饿，反内战！"那年头货币贬值，物价飞涨，老百姓怨声载道，所以我想，游行队伍喊出这样有针对性的口号，老百姓心中肯定是有同感的。那次游行队伍后面以及马路两旁有些穿黑衣的警察，但他们却没有什么举动，只是默默地看着游行队伍，估计是没有接到上面的命令，所以并没有采取什么行动。

我那时年纪还小，还不大知道当时的国内政治局势这种问题，但我当时从家中情况已切身体会到物价飞涨，看见过抢粮店这种事情，心里也有些感受，觉得可能是大米买不到了，所以有人出来抗议，但对"反饥饿，反内战"这口号的政治含义，并不十分懂。回家后，我向父亲说起我看见游行了，我父亲听后又是不说话。

在我记忆中，自从1945年底我们回杭州后，那几年我父亲心情似乎一直不太好，在家时老是不说话，有时还莫名其妙地看着我们叹气，他老是捧着一本书看或者看报纸，有时候还听见他在书房中吟诗，我印象中最深刻的一次便是听见他在摇头晃脑地吟着："……流水落花春去也，天上人间……"直到许多年之后，我才知道他在吟的是南唐李后主的词。

我父亲是浙江省教育厅的一名职员，虽工作了不少年，但也一直没有当上什么官，他喜欢读书吟诗，估计是受了我祖父的影响。我祖父是晚清秀才，在绍兴时参加了同盟会，民国后和柳亚子先生等人都是莫逆之交，他们还在绍兴时参加组织了《南社》诗社，很有名气的。在书香门第的熏陶下，我父亲看起来特像是一个文人。抗战胜利后，大多数老百姓本以为天下太平了，期盼着能过上安稳的好日子，谁知道物价飞涨，薪水贬值，再加上社会局面动荡混乱，游行抗议不断，我父亲是在教育厅工作的，做的也都是学校和平民教育这方面的事务，那几年大中学校中，乱象丛生，教学秩序又混乱，估计这些他都知道。以上这一切，都是使他心情不好的原因吧，也反映出那年头像他一样的一个公教人员和知识分子的苦闷、彷徨的心情。

1949年5月3日，下午我放学回家，在走到佑圣观路梅花碑附近时，忽然迎面遇上由清泰街方向向省政府这边走来的穿黄色军服的队伍，他们分两列走，走在马路两边，都是单列纵队，当兵的身上还都扛着枪。他们分开走马路两边是因为不想妨碍道路交通，他们都不说话，但步伐整齐，听从走在最前面的一个"长官"的号令……我都看傻了，我赶紧站在人行道一边，呆呆地看着这支队伍向省政府走去，路边许多群众也和我一样傻看着。我赶紧回家，还没走到三益里大门口，就听见不少街坊在大声议论："解放军进城了，这支队伍是去接管省政府的……"哦，原来是共产党领导的人民解放军开进杭州城了。

晚上我父亲回家，也告诉我们说："省政府已被解放军接管，明天上午，我们原来的办事人员都还要照常上班。"

杭州解放前夕，国民党省政府的上层官员们早就一个个悄悄地逃跑了，我父亲就说过教育厅厅长很早就不见人影了，国民党军队（汤恩伯部下）也于杭州解放前几天就撤离了杭州，所以说，5月3日那天解放军没有遇到什么抵抗就开进了杭州城。

1949年5月3日，杭州解放了，那年我正好满十四岁，我告别了我饱经动乱的童年时代，进入到我人生中的少年时代。

少小离家老大回

20世纪80年代初,我和其他教师带领建筑系的学生去南京、苏州和杭州参观实习。在杭州时,有一次我们去参观中山公园和浙江省博物馆,我当时随便走到一个专卖纪念品的小店柜台买檀香扇,由于我用普通话问话,小商铺的两名年轻女售货员问我:"你是从北京来的吧?"我说:"我就是杭州人。"她们都不相信,于是我对她们讲了一句杭州话:"当然是真的,我驾会骗你们?你们看我杭州话讲得驾格涛。你们表对我刨黄瓜儿噢!"(注:"驾格涛"为杭州方言,意思是怎么样,"驾"字应用普通话发音,"表"意思是不要,"表"字也应用普通话发音),她们听后都笑了起来,还说:"噢,你讲得木老蹩脚嘞,还想冒充杭州人……"我也跟着笑了,只有讷讷地解释:"我好几十年都不讲杭州话了!"真没办法。当时我不禁想起贺知章的那首诗：

少小离家老大回，乡音无改鬓毛衰，
儿童相见不相识，笑问客从何处来？

这首诗对当时的我来说真是太贴切了。

我的故乡是杭州，是千真万确的。我出生在杭州，一岁多时抗日战争爆发，随家人逃难离开杭州，九岁时回到杭州，我在杭州读小学、初中及高中，十七岁考入北京，读大学，大学毕业后至今一直在北京工作，一晃就是五十多年，说起来，我在北京住的时间远远超过在杭州住的时间，但杭州才是我的故乡。

有人说过，一个人的童年和少年生活，会给这个人的性格、习惯打上永久的烙印，我相信这话，无论是在生活习惯上、说话发音和语调上，如果一个人在家乡长大超过了17岁，即使他以后长期住在外地，但是在上面所说的几个方面也很不容易改变了。我在北京上大学时，很羡慕北京同学那一口标准的京腔，对自己带有南方口音的普通话感到有些自卑，工作后当了老师，有时候也被学生取笑我的南腔北调，我在北京已住了50多年，居然在讲普通话方面毫无长进。故乡啊，我彻底相信了您的神奇力量。

故乡，这是所有的文字中最使人感到亲切、最令人感到眷恋的两个字。古今中外，在无数的剧作、电影、小说、诗歌、音乐、绘画等文学艺术作品中，故乡，都是一个永恒的话题，一般都是美好温馨的回忆。

杭州，是一座美名远扬的城市。千百年以来，一直就有"上有天堂，下有苏杭"之说，我经常遇到有人问我老家在哪儿，我说是"杭州"，于是，往往听到的回答是："好地方啊！"

不错，杭州确实是个好地方，山清水秀，物产丰富，交通便利，经济发达，人文底蕴丰厚，任何夸奖的话都不为过。历史上有名的文人深情回忆杭州的诗词，也多不胜数。唐朝白居易在杭州当了三年刺史，为杭州人民做了许多好事，卸任离杭后，居然闷闷不乐，他写过"江南忆，最忆是杭州……"这样的词句，可见他对杭州感情之深。

我也常常想起故乡，甚至有时在梦中也回到了杭州。但说出来有点儿不好意思，我可能有点儿落伍了，一想起故乡，总会想起那有着高高白粉墙的狭窄的街道，马路两边那棕黄色木结构的两层楼店铺，那几条又脏又黑的小河和横跨在小河上的石拱桥（有时候有装着粪桶的平底船还在河中行驶），水漾桥下年糕店里飘出的刚用人工舂好的年糕的香味，还有那在夏天晚上热得像蒸笼一样的西湖……这些都使我印象深刻，至今不忘。说到这里，或许有人会说："你这些印象早就是几十年前的历史了，现在杭州哪里还有你说的这种情形？！"是的，这几十年来杭州市的建设和市容确实有了翻天覆地的变化，街道又宽又直，整齐而又清洁，现代化的大厦平地而起，现代化的交通工具取代了黄包车和三轮车，西湖也变得更美丽了。但在我脑海中，小时候生活的情景和对杭州的印象却是一段永远也抹不去的记忆。

一个人童年和少年时代的记忆，总是最真实也最直观地反映当时的情景的，越是真实生活的东西，就越不容易忘记。我这些七零八碎的记忆，算不上是特别美好的回忆，但也不能算很坏的回忆，它存在于我的脑海中，就像泛黄的老照片一样无声地体现着从前的时光。每当我想到童年和少年时候的经历和那时的杭州，都会感到格外的亲切，也许，这就是所谓的"怀旧"，所谓的"乡情"吧。

1965年夏,我在杭州的水彩写生画

忆 故 乡

上学路上

河坊街和胡庆余堂

河坊街是我上初中时上学和放学的必经之路。

河坊街在杭州城南部，东西走向，东端通佑圣观路，西端一直可以通向西湖东南端的柳浪闻莺湖滨公园（清波门）。河坊街是一条有一千多年历史的街道，在宋高宗泥马渡江逃到临安（杭州）建立南宋前，这条河坊街就已经存在了，可以说是杭州最古老的街道之一。

我每天早晨背着书包，装着饭盒，步行上学，大约要走45分钟才能到达杭州初级中学，放学回家大体上也走这条路，但放学时放松了许多，因为一般下午4：30就放学，路上可以随便顺道转到别的路线回家，反正也不会很远。

最好玩的便是河坊街南部的"胡庆余堂"，这是一个远近闻名的中药店,是鼎鼎大名的徽商胡雪岩开的。它坐落在一条很窄的小巷内,入口大门也很小,在墙上写着"胡庆余堂"四个大字,每个字足有一人半高。我们差不多每隔几天都会在放学后到胡庆余堂中去看活的梅花鹿,养鹿的地方就在进入大门后的前院内(一进大门就能闻到一股骚味儿),左右两边各养着两三只梅花鹿,它们见到人也不怕,悠闲自在。我们都知道,药店养鹿是为了割取鹿茸做药丸,但我们每次去都未见到过带角的鹿或者断角的鹿,大概前院养着的鹿都是母鹿吧,估计是做做样子增加药铺的吸引力吧,用现在的话讲,这是广告效果吧!

这条小巷可不简单,除了"胡庆余堂"之外,还有一些其他老字号店,比如杭州特产"近记张小泉"剪刀店。我从小就听我祖父多次说过,"近记"是真正的张小泉的牌子,其他什么"静记""景记",那都是冒牌货。

河坊街与清河坊交界处的十字路口是很有名的地方,之所以有名是因为这十字路的四个把角开了四家有名的商店,那就是"宓大昌"烟店、"孔凤春"化妆品店、"翁隆盛"茶叶店,以及"方裕和"南货店。这四家店在老杭州赫赫有名,不光是卖的东西好,还有每一家的建筑都很神气,有的还有高高的塔楼,这在我小时候的杭州是不多见的。这是我祖父和父母亲最喜欢的几家店了,我母亲说如果过年要

杭州城河坊街十字路口西面

买金华火腿、义乌蜜枣之类的东西，祖父一定要她去"方裕和"店买；我母亲还说抗战前我娘娘（祖母）买花露水、香粉之类的东西，也一定要去"孔凤春"店买；买百货一定要去不远处的"张允升"店买。这四家店关系非常紧密，抗战前有一次"孔凤春"店因为吃官司要垮台了，十字路口的另外三家店居然联合起来，合力出资维持"孔凤春"店的经营，他们好像有默契，共同维持着这个热闹路口的风水。这个故事我从祖父那里听说过，从其他的同学那里也听说过，好像那时的杭州人都知道这件事。

每次我路过这个十字路口，都会有意无意地朝这十字路口的四个把角处看上一圈，但我上初中的时候，这四家店也已经有些破败了，虽然孔凤春、方裕和等店还在，但生意都不好。想想看，当时物价飞涨，民不聊生，人们连保证温饱都不容易，又有多少人来买化妆品和火腿等奢侈的东西呢。

河坊街在我的印象中，我最感兴趣的是位于桥边的一家竹器店（我们杭州人叫篾店），这是专做竹制品的地方。店铺门口挂了许许多多的竹篮子和各种筐子，店内有伙计在现场用刀劈竹子，一段碗口粗的长长的毛竹，他用力对准竹子断口一刀下去，然后将刀左右撬动，一下一下地，在他的刀下，就劈出了许许多多的长长的竹篾出来，又长又薄。这些竹篾就可以用来编竹篮子等东西了，而那个时候，家家都有好几个竹篮子，买菜也都是用竹篮子的。

这劈竹篾绝对是一项高难度的技术活，店伙计用的刀是很钝的没有刃的刀，样子像我们家劈柴用的柴刀，这么钝的刀居然能劈出如此薄的竹篾，真不可思议！我每次放学路过竹器店时，都要驻足看上好大一会儿，我津津有味地看着，几乎忘了回家。

后来在六十年代以后，我回杭州路过河坊街时，已经没有竹器店了，想起来可惜得很，按现在的情况，我心想这"劈篾"技术，是否也可以申报一下"世界非遗"之类的项目呢？！

河坊街有趣的地方还很多，有专卖泥娃娃、小布人之类小玩意儿的小铺；有专卖各式布鞋的店，店里甚至还有用桐油刷在布鞋底和鞋面上而权充雨鞋的那种鞋（我小时候都穿过）；还有专卖朝山进香用的黄布背包、香火之类东西的小店；还有一家专门供应"羊汤饭"的小餐馆，从远处就能闻到从这家店里散发出来的香味。我记得我祖父有一次带我去吃"羊汤饭"，他说就这家馆子的羊汤饭好吃，但我对这好吃的羊汤饭却记不起什么，可能就是羊杂碎这类的东西吧，我从小就最怕吃什么杂碎之类的东西了……

河坊街有许许多多的小店铺，它们大多是底层开店，二层住家，整条河坊街永远是热热闹闹的。

几十年后，我多次经过河坊街，令我有些失落，它已完全不是我小时候看见的那样子了：窄窄的河坊街已变成大马路（双向四车道，中间还有隔离带），人行道也变得很宽，而且马路两边的商铺所剩无几，整条街不再是"坊"，而成为一条东西向的城市交通干道了。保留下来的沿街老房子几乎没有，就算有也是经过修缮一新的，至于它和清河坊交叉口的那四家有名的店铺也早已没有了，听说现在有人在这交

20世纪50年代杭州河坊街回忆

叉口附近又盖了一个"孔凤春化妆品中心",我想大概是借孔凤春老店的名气,而专卖现代的各式化妆品吧,不知"双妹牌"花露水还有没有卖的,那可是好东西,被蚊子咬过的地方只要抹上一些花露水,就不痒了,这在那时特别管用。

水漾桥和羊坝头

我上高中时有两年是走读的,我家离杭州高级中学(以下简称"杭高")比到杭州初级中学稍微远一点儿,大约要走50分钟,最近的距离是顺佑圣观路北上,穿过清泰街,然后再穿过一系列的小巷〔什么皮市巷、马市巷、金钱巷、塔儿巷等，这种小巷大约都只有四米宽，机动车是不能通行的，但黄包车和"榻车"（人拉板车）可以通行］，大约穿过四五条小巷后，就可以到达贡院前，也就是到达杭高的大门了。

在这种小巷中行走，感觉很憋气，因为小巷两边的墙都很高，基本上不开窗。小巷中很少有商店，只有一家家的大门（石库门）；小巷是没有柏油路面的，全是青石板铺地，年代久了，石板缝有的很宽，可以看见下面流淌着的阴沟水，有一次我仿佛看到有什么活的东西在下面游过，我怀疑是条水蛇，但后来再也没有看到过。但我相信阴沟里有水蛇是可能的，因为南方老下雨，基本上没有旱天，雨水充足，这种小巷路面下的阴沟里永远都是有水的。

小巷中行人很少，半个多小时走下来，除了像我这样的上学的学生外，难得碰见别的行人。放学后回家，我有时就喜欢避开小巷，而经官巷口，到清河坊，再转到清泰街回家了，路是稍微远一点，但一路上好玩的、好看的地方多。

我印象最深的便是水漾桥，这是一座跨河桥，桥面平坦，和清泰街马路几乎一般平，只有中间稍稍拱起，通汽车是没有问题的，但桥下有很高的拱洞，可容船只通过，可见桥下的河水面很低。水漾桥下的这条河名叫中河，实际上在宋代临安城时就已经有了，是一条南北向贯通杭州城的水路交通

旧杭州城头巷小河

要道，很多运粮船甚至运大粪的船都要靠这条河通行，水漾桥就是这条河上的一座桥。

中河上有许许多多的桥，例如龙翔桥、众安桥、平汉桥等，大概得有十几座桥，但水漾桥因为位处老杭州繁华的商业区附近，所以比较有名。

我最喜欢的是水漾桥西端路北桥下的一处年糕店，这是一处用人力打年糕的店铺，我每次放学路过这家年糕店，都会驻足观看。店铺地面上有一个大石槽，一名店员手持大木槌，槌打放在石槽中煮熟的糯米堆，每槌一下后，当这名店员举起木槌时，另一名店员就迅速地把槽中的年糕翻一个身，就这样一槌槌的，最后槌成一团洁白的年糕。每次我看时最担心的便是万一木槌落下砸在那个翻年糕的人手上怎么办？但实际上他们配合默契，翻年糕的店员动作迅速而有节奏，从来没有听说过店员手被砸的情况。

店员把舂好的年糕捧到铺板上，然后用手攥成一小团一小团的年糕团，当时就可发卖。杭州人很喜欢吃这种刚刚舂好的热年糕，所以这个店的生意一直很好，我上中学时，就经常用母亲给我的零花钱买这种年糕团吃。

由水漾桥往西，没走几步路就到了清河坊大街，再往北就到羊坝头了。羊坝头是这块地面的称呼，其实它是东西南北这几条街交界的这块地方的统称，就和北京的西单、西四、交道口的意思差不多。羊坝头在我小时候可是杭州城内最繁华、最洋气的地方，沿街有不少西洋古典式的银行大楼和大店铺，还有一个当时最有名的"七重天"大楼。这"七重天"实际上就是一座七层楼的办公大楼，式样简单，是一个标准的现代建筑式样，除了光光的墙面就是长方形的窗户，没有任何装饰构件，但就是这样一栋简陋的大楼，就因为它有七层，这在新中国成立前已是杭州最高的建筑了，所以业主把它命名为"七重天"，在当时名气大大的。现在杭州人听到这个事可能都不敢相信吧。

大约在十几年前吧，我回到杭州时，发现水漾桥已经没

水漾桥,1960年夏,我在杭州的水彩写生画(由南往北望,桥下为南北向的中河)

忆 故 乡

有了，确切地说，两旁及附近地区的改造，动作是非常大的。估计是在20世纪末吧，沿着中河高架路，又在旁边平行修建了一条中河路，至于中河呢，只保留了窄窄的水体，再也不能在河上通航了。以前的水漾桥呢，也荡然无存，原来水漾桥的位置现在建了一座大型的立交桥，连名字也改了，叫柴垛立交桥（我不知道柴垛桥在老杭州有什么名气，我从小在杭州却从来未曾听说过）。至于清泰街，也已改头换面，成为双向八车道的林荫大道，也是杭州市上城区重要的东西向交通干道了，我真惊叹城市变化之快……

但心中却总有些失落感，也许有人会说，你这是在怀旧。过去的旧杭州市街道，狭窄、交通不便，为了改善交通，建成现代化的大城市，改造一些落后的、交通不方便的街道是完全合理的，但是，在对城市改造进行如此大动作的同时，对杭州这座历史文化名城的历史遗存，能否有更妥帖的办法呢？我认为是可以商榷的。

有趣的青年路

在羊坝头往西走不多远，有原来的"杭州市青年会"，我上中学时也常走过那地方。"青年会"当时还是基督教教会的活动场所，里面有篮球场、网球场，据说还有舞厅，总之是好玩儿的地方，可我却一直未曾进去过。倒是路口的一家书店让我最感兴趣，是否是三联书店，还是商务印书馆，我已记不清了。我之所以特别怀念这个书店，是因为我少年时代喜欢读书的兴趣，便是由这家书店促成的。在这家书店里，我看过不少少年儿童文学作品，也接触了一些西方有名的小说，当时我没有钱去买这些书，都是在书店中拿起一本书看上一会儿，然后回家，第二天又去书店找到那本书接着看。譬如《一千零一夜》，我就是在这家书店里一次次断断续续地才看完，没有花上一千零一次，但我想总有十几次才把这书看完吧！像《格林童话》《伊索寓言》《十五小英雄》（即《金银岛》）等也都是在这书店里阅读到的。后来我大哥回杭州时，给我买了一本《宝窟历险记》，也是从青年路这家书店买的。这本书讲的是一支英国探险队在沙漠附近的一个小山洞里的历险故事：一个活了三百多岁、阴险狡猾的女巫，她骗那些探险家进入藏宝洞，想把他们困在里面，但她自己爬出山洞时却被洞口的大闸门压死了。我哥哥有时还一边讲这故事，一边模仿这个女巫的口气说话，这使我非常开心。

在青年路的另一端，便是当时的太平洋影院，我中学时代看过的仅有的几场电影，都是在这里看的。我至今仍然记得，有一次我在这影院中看外国片《木乃伊复仇记》，因为影片中讲的是外语，我也听不懂，但影片中那个埃及木乃伊每到月亮出来后便会坐起来，并且一拐一拐地走出帐篷，他刀枪不入，见着人就要把人扼死，他最后是被众人用火烧死的，那情形非常可怕，在看电影时我全身都在发抖，看完后一口气跑回家中，都不敢回头看。

大约在十几年前吧，我和哥哥姐姐们都回杭州聚会，我们一起又走过青年路，那家影院和书店早已没有了。我大哥说这青年路旁以前有一条向北流去的小河（溪），就是这条小河，被称作浣沙溪。要说起它的历史可能要追溯到一千多年前了，但真正传说中的西施跪着浣纱的那条浣纱溪打我小时候起就没有看见过，但浣纱路依然还在，那里的房子都是好房子，住在东浣沙路这种地方的，有许多是有钱人，又或者是民国时期的名人。我不知道这些小别墅、小洋房、"别邨"、"某某庐"之类的房子是否也已经消失了？如果真被拆掉了，想起来还真是很可惜的，这些房子如果保留到现在，少说也都是有七八十年甚至上百年历史的房子了，说不定还有一些历史和文物意义呢。

总之，这条短短的青年路，在当时我的心目中，真是很有趣的地方。

佑圣观路

我家住在佑圣观路三益里六号。

佑圣观路是杭州城内的一条老街,它的历史少说也有上千年了(估计在南宋临安城时就已有了,它的历史年代应该和河坊街差不多)。佑圣观路取名的由来显然是因为有一座道教的"佑圣观"在这块地方。

说起道教,这在宋朝(特别是南宋时代)是很受尊崇的,皇帝(宋徽宗)都信道教,还自称"道君皇帝",那么这个宗教在当时的国人心目中能不尊荣吗?!佑圣观估计在南宋时,在临安城是一处重要的道观,一千年后,在民国时代,却已沦落成一个很小的道观了。我还是少年时,就天天路过这个道观去上学,我印象中这个佑圣观很小,也只有三开间门面大小,单层庙房,我们上学放学天天路过,但很少进去玩儿,因为这个道观的大门老是关闭着。记得有一次进去看过,庙堂上供奉着一尊"佛像",到底是元始天尊还是太上老君,又或者是玉皇大帝,当时的我是不知道的,因为我那时年岁小,还不知道道教和佛教的差别,以为只要是在庙堂上的都是佛像。"佛像"前有些香火,观中只见到一个穿着灰色道袍的道人,头上绾着发髻,他自己坐在一旁,对我根本置之不理,我一看也没什么好玩的,就出来了,我记忆中也就这点东西。至于这个道观有多大,还有没有后院等,我都不知道。时间一晃,过去了已有几十年,在20世纪90年代,我和哥哥姐姐们回杭州聚会,我们曾一起到梅花碑去看看,路过此处,已看不到这座佑圣观了,也不知道是哪个年代拆掉的,但佑圣观路的名字仍保留至今。梅花碑的名气也不小,也是南宋遗物,如今已辟为一个小的园林,有围廊及不少碑刻,花草甚茂,看来保护得不错。

佑圣观路是一条很窄的街道,我印象中商铺很少,路两边都是白色粉墙,每户人家都有一扇石库门,离三益里不远处是馆驿后,馆驿后所在的巷子两边的白墙更高了,整条巷子几乎没有什么人家住——其实馆驿后内住的都是大户人家,馆驿后南墙内便是新中国成立前的省政府,新中国成立后改为省交通厅,由于是政府部门,所以这里更是分外清静。20世纪60年代我回杭州,对这条古色古香的佑圣观路很感兴趣,曾经在现场画过两张水彩速写,但如今的佑圣观路两旁已是高楼大厦,几十年前的那种旧城风貌已再也见不到了。

我小时候住的三益里占地很大,和上海城里的弄堂不同的是,走进整个三益里内,感觉和走进佑圣观路一样,虽说三益里内也有一百多户人家,但每家都是只有一扇石库门露在外面,上面有门牌号。走在三益里里面,也只见两旁都是高高的粉墙，平时三益里内也很少看到人们在门外闲坐聊天什么的，因为各家人都有自己的家院，回家后也很少出来。我觉得这种住区环境倒是非常安静舒服，但这种情况肯定会随着时代改变，一是三益里原来的建筑全部是木结构，年代久了，早已成为危旧建筑，必须拆建；二是每家虽是院落式，但慢慢地每个院内都已住进好多家，就像北京的四合院变成大杂院一样了。因此，在20世纪80年代，整个三益里被全部拆除重建，已变成现在最常见的行列排布的多层单元式住宅小区了，这也是时代发展的必然。

这些回忆，无非是一个老人对家乡的怀旧乡情，写下来发发感慨，仅此而已。

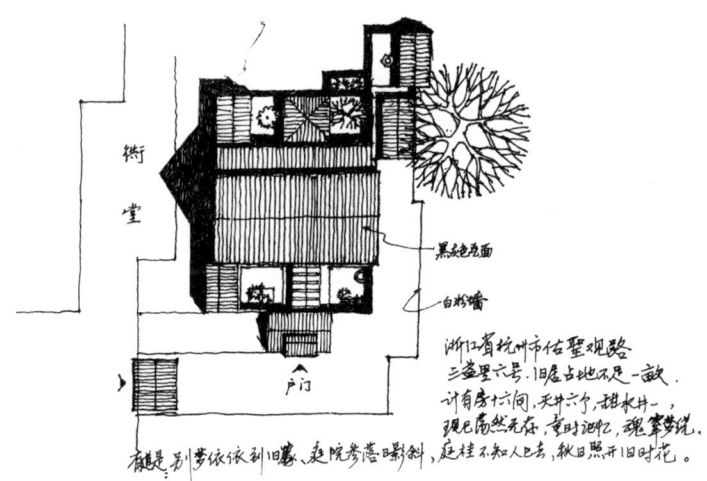

杭州佑圣观路三益里六号（我家故居）

忆 故 乡

杭州佑圣观路街景，1960年夏，我在杭州时画的水彩写生画

再 见 ， 故 乡 与 故 人

贡院前的回忆

大约是在十多年前吧，杭高北京校友会的会长张女士找到我高中同学程立生，请他帮助考虑杭高校园的改造规划以及校门修复的改造问题，程立生拿了一张校园总平面图以及一张校门照片来找我，让我也帮忙出主意，后来我画了一张规划示意图，同时说明了我的意见："校门千万不要有任何改动，只要加固就行了。"程立生后来把我的意见和图纸交给了张女士，但后来结果怎样也不知道了。

就是这件事，当时引起了我对母校杭高的许多思念之情，我深感遗憾的是，自从我1953年夏天离开杭高到北京上大学后，整整五十多年，我从未再回过母校。半个世纪啊，多长的一段时间。我想如今的杭高可能早已改变了许多，也不知道我当时上学时熟悉的那些楼宇还在不在？

实际上，在这五十多年中，我常常回忆起母校的老师，回忆起我们班上课的教室，还有那四面敞开的体育馆、那小小的科学馆（据说当时在杭州许多中学中也是唯一的），以及那废弃的游泳池，每当我回忆起这些，都感觉分外亲切。

母校杭高位于杭州上城区贡院前，这贡院，是清朝时期浙江省考举人的地方，但我们上学时，那一排排像单间牢房似的"贡院"早已荡然无存，只留下了这个地名。但我觉得，在原来贡院的地盘上建成学校，倒也和这个地名很相配呢。

我在杭高上学的时候，杭高就已经很出名了，据说，在当时全国有"四大名中"的称谓，杭高就位列其中，其余的好像还有上海南洋模范中学、扬州高中等等，我也记不太清了，反正这"四大名中"的意思大概是指这些学校的师资水平高，学生成绩好吧。但是若论校园及设备，我想杭高肯定是比不上当时的一些教会学校的，毕竟教会学校是洋人投资办学，经济上比较宽裕，管理理念上也是外国的经验来的。

不过若论毕业生大学入学率，在我们那个时代，根本不算一回事，谁也不会拿这项内容作为一个指标来衡量一所中学的好坏，这事现在听起来可能所有的人都不相信，但实际上就是这样，因为在我们上大学那个年代，几乎凡是报名考大学的毕业生人人都能考上，差不多就是百分之百的入学率。大多数中学的情况也都是如此，原因很简单，新中国成立初期，大学生很少，高中毕业生也少，国家急需人才，需要大力扩大大学生的数量，所以大学很容易考取。我们那届高中毕业生一共大约五个班，约有一百五十人吧，考上清华的有24人，考上北大的有22人，其他同学也都上了北航、华东化工、北京钢铁学院、北京地质学院、北京工业学院、浙江大学、华东师大、上海交大……所有这些学校现在都是响当当的重点高校。

为什么毕业生不全都报北大清华呢？因为很多同学都是抱着为国家开采石油、炼钢铁、发展航空业、为国家多找矿藏等等愿望去报考这些大学的，我心中知道，假若他们都报考清华北大，可能我们那届上清华北大的学生总数就不是四十多个，也有可能考上一百个也说不定。这绝不是胡说，因为我的学习成绩在当时班上也并不算最好的，只能算中上水平吧。我后来也常和别人说，我报考清华是因为听别人说清华的苏联专家特别多，所以我很向往去那里学习，而我们考大学也并没有什么人专门辅导，也没花很多时间去准备，当时我还常常拿着课本到西湖边上去复习，实际上玩的时间可能比读书的时间还多一些，高考时也不紧张。可以说，我是有点稀里马虎就考上了清华的，这是真的。

说到这里，现在也许有人会说："你这是故意在卖弄你聪明，你的水平高吧？"我的回答是："绝不是，这是当时实实在在的情况，大学很容易考的。"也许还有人会说，"那你就是在夸你的中学水平高吧？！"对这样的提问，我承认我多少有点儿这个意思。回想起来我们那时候的高中老师的水平的确是比较高的，不光是他们学问好，更重要的是他们大多数年龄都已是五十岁上下的老师，教学经验极为丰富，教学态度也极为认真，我这些年来常和高中同班的校友们相聚，都不约而同地怀念那些可敬可爱的老师。教我们数学和物理的老师，据说都是清华大学毕业的，他们那一口标准的北京话曾使我们羡慕不已。

张老师的解析几何课，是我们最爱听的课程，我后来上大学一二年级时学高等数学微积分时，还觉得张老师的课使我受益匪浅。至于教生物课的倪老师，他常常把当代生物技术和农业技术的先进成果介绍给我们，使我们这些十六七岁的大孩子都知道了巴甫洛夫的"条件反射"学说以及米丘林的"嫁接技术"和"小麦春花法"等。他讲过香蕉味的苹果很容易做到，甚至还可以种出芒果味的苹果来，这使我考大学时还因为这个原因填了一个报考农业大学园艺系的志愿。上生物课时，我们的实验课多得很，我们还解剖过青蛙、鱼等小动物（青蛙就是从校舍后面的那个游泳池里捉来的，个头都不小）。教英文的王老师五十多岁了，他上课用英语提问，要学生用英语回答问题，他的英文教材一上来就是英文版的《论人民民主专政》，还有新华社发的英文宣传文章，我想，现在的大学英语课也未必能做到这样吧？！至于教地理课的俞老师，他每堂课讲到哪里，就用粉笔在黑板上画出这个国家（省份）的地图，又快又准，我们佩服得不得了。其他课程老师，个个都有绝活，写到这里，我不禁为我的母校杭高骄傲。

这么多年来，我心里总觉着，杭高真不愧为国内理工科最强的高中之一。但是，后来我意识到我的看法并不全面，是因为我们考上的都是理工科大学，就以为杭高的专长是理工科，实际上，并非如此。前几年我因工程项目出差到浙江上虞市，有幸参观了有名的白马湖畔的"春晖中学"。这次参观，使我进一步加深了对杭高深厚的人文学学科底蕴的了解，我知道了"春晖中学"的一批老师，如：郑振铎、经亨颐、叶圣陶、夏丏尊、丰子恺、李叔同（弘一大师）等等，这些大师后来都转到杭高（那时为两浙师范学校）教书，和他们的朋友鲁迅先生成为同事，经亨颐还是两浙师范学校的校长，这真不得了，这些文学艺术大师们居然都曾经是杭高的老师。

这些人可都是中国教育史和近代文学史上的巨匠和大师啊！想想这个，我更自豪了，杭高不仅理工科强，而人文学科的底蕴可能更强，我们那时年纪小，又处在新中国成立初期大搞经济建设的时期，所以可能不大注意人文学科这方面的情况。

知道了这些情况后，我又想起了一些上高中时的情景。我记不清上高中时还有没有语文课了（那时也许没有），但我对母校的图书馆印象很深，这个图书馆面积倒不是很大，但在图书馆里，我们可以随意借阅书籍，就在这图书馆中，我借阅了不少苏联的小说，如《青年近卫军》、《普通一兵》、高尔基的"人间三部曲"、《丹娘》、《日日夜夜》、《钢铁是怎样炼成的》等等，读了这些书，使我们这些原来什么都不知道的青少年受到了英雄主义和爱国主义的教育。更值得一提的是，学校负责管理图书馆的老师是位女老师，她是我国翻译莎士比亚戏剧的翻译大师朱生豪先生的夫人，我记得她曾劝我要读一读莎士比亚的作品，我那时虽然不大看得懂，但也由此知道了《哈姆雷特》和《奥赛罗》……回想起这些，我明白了，一所历史悠久、有深厚文化底蕴、同时拥有高水平理科教师的高中，对我们国家来说，多么弥足珍贵。

我为我的母校感到骄傲。

故居杂忆

三益里六号

  我老家在杭州佑圣观路三益里六号，三益里是一条大弄堂，弄堂里估计有一百多户人家，但杭州旧的弄堂实际上和小巷差不多，只是平时大都是只有住在这巷内的人出入，虽然三益里从这条路入口，可通往另一条街，但不住在这巷内的人或车辆是很少把这里当公共街巷来对待的。杭州的旧式街巷又和上海的弄堂不同，上海的弄堂实际上是各家各户公共交流活动的场所，一到夏天许多人都在这里乘凉聊天，有的人家还端出小桌在弄堂里吃饭，可杭州这种住家的小巷内部都是粉墙，每家有一扇黑色的石库门，各家平时基本上不相往来，小巷内冷冷清清，安静得很。

  但我家老宅却有点儿特殊，和三益里内的许多人家不一样，因为我家外面没有石库门，正门入口是单层矮房和木板门，进了这扇木门，才是一道墙和石库门，可见这入口的地方是后来加建出来的矮房。我母亲说祖父当年买这房子时就已经这样了，原因可能是里面的房子太小，所以又在外面加盖了些房子。

但就算加了一点儿面积，我家的房子在三益里内估计也算是小的，占地还不到一亩，三益里每个石库门内都是大房子，我家旁边几个石库门我都进去过，那都是深宅大院，一个院子套着一个院子，真不知道有多少房间。

但有意思的是，就是我家这小小的不到一亩的地皮上，却盖出了有十六间房间、六个天井，外加一口水井的房子。我后来学的是建筑，成了一名建筑师，想起我家老宅的时候，仍不禁为这老房子的设计喝彩，我真想不出怎么能在这么小的地方，盖出有这么多房间和天井的建筑来。

抗战胜利了，我家回到杭州后，我的两个哥哥及两个姐姐都已工作，不住在家里了，因此，我和小姐姐都能一人分到一间房，这使我很开心。

我在这所房子中度过了我的童年和少年，这所房子里的所有角落我都十分熟悉，它虽然破旧，但却留给我许多有趣的记忆。

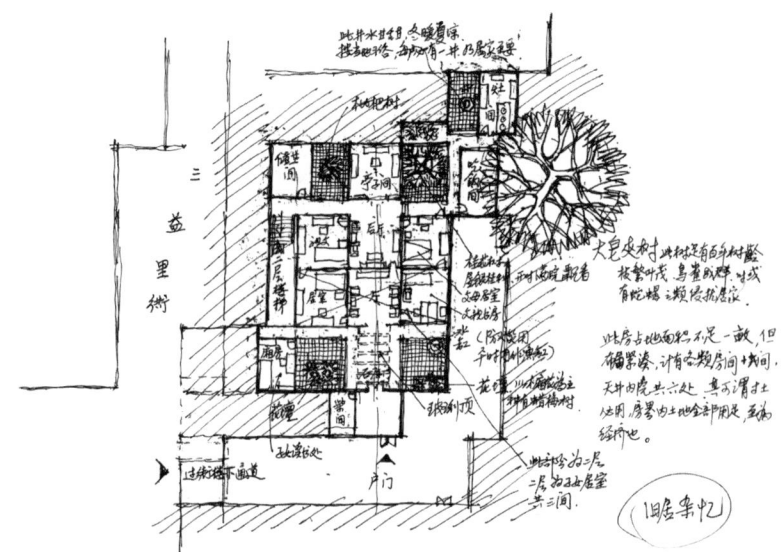

我家旧居平面图示意

家中的植物

  我家房子内外种的植物可不少,最值得提的便是我家房子西墙外的一棵大树。这棵大树的树干很粗,两个大人都合抱不过来,树冠的一半就把我家的一个房间(吃饭间)和小半个天井都覆盖住了。这是棵什么树,我至今都叫不出名来,它会结一种果,像元宝形状,种子飘落到哪里就会落地生根,长出新苗,我家最后面是一个荒废的天井(没有铺石板的),几年之后几乎成了一个苗圃,密密麻麻的,全是一米多高的这种小树,挤得密不通风。

这棵大树没有给我家带来什么福荫，相反，却带来不少麻烦：它的树根把我家最靠西面的吃饭间的地板拱起，连桌子也放不稳；这大树还拱裂了房子西边的墙，使雨水渗到我家的壁柜中；每年秋天落叶堆满了我家的房顶，造成排水不畅。为了减少落叶，我大哥几次回家后都爬到房顶上用柴刀砍掉一些低垂的树枝，但还是没什么用。更烦人的是，有时候会有小蛇掉到我家的天井（院子）中，这是一种黑色的蛇，一尺多长，我母亲说它是在树上想偷吃喜鹊的蛋，被喜鹊啄下来的。对于这种事，我倒并不十分害怕，我在我家壁柜中还见到过更大的蛇呢！颜色是黄褐色的，见到人它动也不动，也不抬头看我，我母亲说这是"家蛇"，抗战前我家就有这样的蛇了，它从不咬人，也不胡乱爬来爬去。我们那里的人都说家里有"家蛇"没有坏处，后来我相信了，这偌大的老宅中居然一直没有老鼠，就是因为有了它的存在。

我家两个后天井中各有一棵树，一棵是枇杷树，另一棵是桂花树，我对这两棵树的印象和回忆都很深，但对它们却抱有不同的感情。对桂花树，我和我家人都十分喜爱，因为它每年秋天一开花，就带来满院飘香。这是株"银桂"，小小的桂花是白色的，它的香气比开黄花的"金桂"要更浓郁。每当花开时，我们便在树下铺满报纸，然后摇动树枝或用木棍敲打细枝，桂花便落满一地，把这些落下的桂花晒干，然后用白糖腌渍起来，就是桂花糖了，桂花树带给我家的全是喜气。

另一棵枇杷树，却没有带给我家任何喜气，因为祖父说枇杷树不是什么好东西，他说一个人在青年时代，种下一棵枇杷树，等这棵枇杷树的树干长到和人的脖子一样粗时，这个人便要死了……听了这话，使我对枇杷树有些害怕，我经过后院时都会有意无意地看上这棵枇杷树一眼，看看它的树干长到多粗了，好在这棵枇杷树的树干还很细，看上去只有拖把棍儿那样粗，估计这棵树的树龄也就五六年吧，枇杷树长得很慢。我祖父说反正这棵树不是他种下的，没有关系的，由它去吧！（这棵枇杷树是抗战期间我家逃难在外，那位住在我家的住户种的，估计他没有听到过有关枇杷树的这种传说。）我长大后，对这个传说仍耿耿于怀，后来我查阅过一些资料，说枇杷树是一种果树，长得很慢，如果树干能长到碗口粗时，也已是近百年的老树了，那么，在青年时代种下这棵枇杷树的人也早已过了耄耋之年，那人在世的时间也不会长了，所以我想，这个"传说"一点儿也不神秘，而是一种正常的自然现象，但作为小孩子听到植物跟人的生死有关这种传说，心里总会有点儿害怕的。

除了桂花树、枇杷树，我家前天井中还有个花坛，种过蜡梅、兰花、萱草花、牵牛花、茑萝丝花、凤仙花、洋菊花、勿忘我等等好看的花木。但爬满西墙的木香花（蔷薇花的一个品种），有一年却给我家带来了"虫灾"。那年，木香花叶子和梗子上爬满了小小的毛虫，它们到处爬，爬到我父亲的书房窗户上，还爬到天井的南墙上，这使得我家十分狼狈，打了好几瓶"滴滴涕"还不能消灭干净，我父亲后来就把这丛木香花砍了，虫害才算消停。

家中的动物

说完植物，我要说说我家的动物了，我家的动物品种很多，除了"莱西"（小狗）和"阿咪"（猫）之外，没有30多种也有20多种之多，听起来很吓人！怎么会有那么多种动物在家里呢？都成动物园了吧？！其实，一点儿也不奇怪，要知道这是在南方的老宅，夏天又热又潮湿，这种环境里到处都是各种虫子，虫子虽然登不上"动物园"的大雅之堂，可它们毕竟还是动物呀，蚊子、苍蝇、跳蚤、臭虫，一应俱全，还有蚯蚓、蜘蛛、蜈蚣，就连马陆（百足虫）的品种也不下好几种，还有大大小小、壳上带花纹、不带花纹的蜗牛到处爬，还有在雨后才爬出来的没有壳的"蜗牛"（其实是"鼻涕虫"，学名又叫"蜓蚰"或"蛞蝓"），它爬过的地方留下一道讨厌的白色痕迹……还有好几种癞蛤蟆，想起这些来都觉得恶心。

我从小就是在这种环境下长大的，反倒对什么虫子都不怕了，我见到蜈蚣时常常会打它，但就是怕这"鼻涕虫"，我从来不去碰它，好在下雨后一出太阳，它们马上自己就会爬走躲起来。

至于"莱茜"和"阿咪"，它们几乎已成为我们家庭中的一员。小狗莱茜不是什么名贵品种的狗，是我大哥带回来的。它是一种宠物狗，但不是哈巴狗那种样子，它很漂亮，有点儿像牧羊犬的样子，只是个头小一点儿。"莱茜"的名字是因为当年我们看过美国影片《义犬寻主记》，片中的那条忠诚、聪明的牧羊犬名叫"莱茜"，所以，我和小姐姐一致建议将它取名为莱茜。莱茜非常谨守职责，每当听到门铃响时，它都会冲到门后吠叫，门开后如果是陌生人，它会不依不饶地吠叫，直到我们赶出来阻止它才会停下；见到家人，它就马上高兴地摇尾扑身，并且狂跑起来，有时还会撞到我的小腿上……它还会听从我们的口令，听到"stand up""sit down"等就做出标准的动作，非常乖而可爱，它给我们带来很多欢乐。至于"阿咪"，是只狸猫，它和莱茜很合不来，它们虽不打架，却彼此从来不亲热，彼此照面时也互相不搭理。阿咪也很乖，我妈说它来家后老鼠就少了，其实也有那条"家蛇"的功劳。冬天时，阿咪专门钻我们的被窝里睡觉，它一进被窝就发出"咕噜"的声音，很快就睡着了。

这两个小家伙，带给我家的是欢乐，可惜的是，在和我们相处七八年后，都相继离世，猫狗的寿命怎么那么短，是我小时候一直不解的问题。

甜水井

在我们生活的那个年代，住家里吃水都是靠家里的井的，井水有甜的，也有苦涩的。我家那口井是"甜水井"，井水又清澈又甘甜，温度永远都是四摄氏度，恒温。这口井可是宝贝，南方盖住宅第一要紧的事是先要由风水师踏勘，判断此处是否能打井，是否宜居（我想有这个本事其实也不难，可以预先打探一下附近人家是否有水井，不过附近没有人家的还是需要一些经验的）。据我祖父说，抗战前他买下这房子就因为这口井的水质特别好，确实是这样，那时候没有自来水，一口井就是一家人的生命之泉，没有水就没法生活。不光洗衣做饭、搞卫生，生活的方方面面都离不开水，最重要的是夏天，我就在这口井旁边洗澡，井水凉得我浑身打战，闷热的暑气一下子就烟消云散，痛快极了；还有在夏天我们经常用网兜装着两个西瓜，再放进一块石头，然后用绳子吊住放下井去，沉在井水中，要吃瓜时再拉上来，那瓜清凉爽口，那凉爽的感觉比现在把西瓜放在冰箱里的效果可自然多了；另外，我母亲还会用绳子拴住一个饭篮，里面放着剩余的饭菜，篮子挂在井中，离水面一米左右，第二天饭菜也不会变馊，这口井的好处真是不少。

虽然房屋老旧，冬天阴冷，夏天潮热，加上数不清的各式各样的昆虫爬虫惹人心烦，但是，旧居后院的那棵香气飘溢的桂花树，前院那株我祖父极其喜爱的蜡梅（它在下雪天还绽放着鹅黄色的花朵），还有那些兰花、萱草、牵牛花……都给我家带来丰富的美丽色彩，更不用说那口甜水井了，我至今都觉得用井水冰镇的西瓜比用冰箱冰镇的西瓜吃起来更好吃。虽然我们的旧居现在早已被拆除了，但我心中一直留恋着这所我在那里度过了童年和少年时代的旧居。

西湖情

西湖的美

我对西湖的认识、欣赏和留恋是随着年龄的增长而增长的。

小时候，只知道西湖好玩儿，因为除了湖滨地区有很多好吃的小店，还有很多好玩儿的地方，比如在岳飞墓前面跪着的秦桧和王氏的铜像，比如经常能看到的背着黄布袋朝山进香的人群，比如玉泉池中许许多多长达一米多的大鲤鱼，还有在净慈寺中那口济公的运木古井（我们探头往井下看时还能看到一根浮在井水中的木头）……这些都是我童年和少年时代对西湖的深刻印象。

但是后来我到北京上大学了，大学毕业工作后，也很少回杭州，但我学的是建筑学专业，也学了不少园林建造知识，在北京时，颐和园、北海、圆明园等处我去了不知多少次，知道了其实北京的皇家园林中许多设计手法乃至景点名称都是康熙、乾隆在南巡后从杭州西湖搬来的，这才明白和认识了杭州西湖的价值。另外，逐渐地，在我阅读了唐宋以后各代文人墨客的诗词歌赋中对西湖的描述和赞美后，在我游历了国内外许许多多的城市和风景名胜后，我在比较中更进一步提高了对杭州西湖的认识和欣赏。一座城市和一个湖泊的命运如此紧密地结合在一起，城与湖，你中有我，我中有你，没有美丽的湖山景色就没有这座城市的繁荣昌盛，反过来说，没有这座城市丰富的历史文化积淀的哺育，这个湖泊也成不了举世闻名的旅游胜地，像杭州城和西湖如此紧密的依存关系，在世界上也真不多。

现在，在我心目中，西湖之美，就在于她是一种自然的美，一种朴素的不需加任何人工雕饰的清纯的美，这才是西湖的真正价值。

同时，我也逐步认识到西湖不光是自然风景美，还有附着在她身上的许许多多的世俗的历史故事，围绕着西湖周边的世俗生活和文化，也都反映出一种天然的真实性，这些故事和生活方式是世俗的，但却是真实的，是和西湖本身紧紧结合在一起的。它们和某些地方某些城市中那种生硬地附加或塞在一些景点（风景区）中的完全不相干的商业文化是不同的，杭州西湖周边一些世俗的文化，它们本身也是西湖文

平湖秋月 2013年雪景
章向苏摄

化的一部分内容，有它生成过程的历史性和真实性。

想到这里，我对我童年和少年时代对西湖的那份世俗的喜爱，不再觉得低俗了，其实，那也是一个普通人对西湖文化的一种感情和喜爱吧！

车尔尼雪夫斯基说过"美即生活"，罗丹说过"真实的就是美的"。我很赞同他们的观点。真实的生活就美在日常的细节中。

西泠桥畔

西泠的"泠"应该读成"翎"（líng）的发音，不可读

再见，故乡与故人

成西泠。"泠"是清凉的意思,而"冷"是冷暖的冷,也是寒冷的冷,就不是清凉的意思了。

西泠桥,是我喜欢的一座桥,西湖苏堤、白堤上有许许多多的桥,我认为最重要并且周边景色最好的当数西泠桥。苏堤上有六座桥,杭州人俗称"六吊桥",这六座桥模样几乎一样,周边景色也完全一样,以至于人们都记不住它们的名字;而白堤上的桥除了"断桥"外,离平湖秋月最近的那座桥叫什么名字,恐怕许多人都不知道,它叫"锦带桥"。这锦带桥本身并没有什么特色,它又夹在断桥和西泠桥之间,因此,这锦带桥差不多已被人们忽略不提了。因为断桥名气太大,每年春季到西湖来玩儿的人几乎把断桥塞得水泄不通,年年都是如此,搞得所有人除了想赶紧离开"断桥"以外,恐怕都顾不上在断桥上欣赏四周的风景,更别提遐想白娘子和许仙在此如何相遇的情景了。你若问一下来杭州度假游玩西湖的人,你认为什么地方游湖时没有玩好,恐怕百分之九十的人都会回答说"白堤断桥"。过度拥挤是白堤和断桥如今碰到的最大问题。

断桥有一千多年的历史,实际上断桥从来也没有断过,此处的白堤也不是白居易修建的,白居易曾做过杭州刺史,但他修建的白堤(白沙堤)是在杭州城东北部,是为了阻挡钱塘江的潮水修建的,因他的名字而得名,不是西湖中的白堤。至于西湖中的白堤，是宋朝年间修建的，它的历史比苏堤还早上几十年。

为什么叫"断桥"，到现今为止，有很多种故事版本，但没有人能说出准确并有说服力的解释，我自己心里觉得，这断桥说不定是由于《白蛇传》故事而得名的也未可知，如果那样的话，这断桥得名的历史也就七八百年左右吧。

西泠桥是白堤的终端，过了西泠桥就到达西湖北岸了，从西泠桥上东望，是秀丽的北山和孤山相怀抱的里西湖，而极目西望则是一望无际的湖面，以及环绕西湖的空蒙山色。

有意思的是，站在西泠桥上，向西面望，远远近近，能

杭州西湖白堤"断桥"

再见，故乡与故人

看到"空谷传声""双峰插云""曲院风荷""苏堤春晓""南屏晚钟""雷峰夕照"（可惜没有原来的雷峰塔了）等著名景点，要知道这些景点是乾隆钦定的"西湖十景"中的大部分景点（"平湖秋月""断桥残雪"，以及"柳浪闻莺""三潭印月"等景点在西泠桥上看不到），除此以外，西泠桥畔，还有"西泠印社"，孤山、岳庙以及秋瑾墓、苏小小墓、武松墓等许多名胜和景点，可以说，西泠桥处在整个西湖风景区的中心位置。

西泠桥畔名胜古迹确实不少，最有名的便是岳王庙以及桥畔的几个名人的墓，另外，还有西泠桥东沿白堤的西泠印

西泠桥 2013 年雪景　章向苏摄

忆故乡

社。西泠印社一般老百姓都不大熟悉，西泠印社地方狭小，院内园林布置也说不上有特色，无非是江南园林中"咫尺山林"那些手法，亭榭山石、林木扶疏那一类。但西泠印社在文人墨客中很有名，关键是因为创办西泠印社以及后来参加印社的那些文化名人，譬如俞曲园、吴昌硕、李叔同、赵朴初等，无一不是国内著名的书法大师、治印大师，我想西泠印社的存在，的确是给西湖增添了不少书墨韵味的。

桥畔的几个墓中，以"鉴湖女侠"秋瑾的墓最为有名，规模也最大，我们小时候去玩过，旁边还有苏小小的墓。苏小小是唐代名妓，是真是假也说不清楚，但好多文章中都有记载。苏小小墓是一个小亭子，内有一个水泥护面的馒头形坟包儿，我小时候很奇怪为什么杭州的坟都喜欢做成馒头形的，譬如岳王庙中的几个坟也是一样，现在想来那应该是堆土堆出来的最自然的形状了，而且杭州雨水很多，所以都得糊一层水泥了。

西泠桥畔最有名的名胜古迹还有岳庙，也叫岳王庙。岳王庙当然是西湖边最重要的古迹之一了，杭州人有"南宋情结"，对岳飞那是无比地尊敬和引以为傲。岳飞并不是杭州人，但他精忠报国，死在杭州，他死的地方叫"风波亭"，就在城内，在新中国成立前的东南日报社社址斜对面，当时我们上中学的时候，这个遗址有一块石碑标志还在，不知道现在还保留有否？我们小时候去岳庙玩时，最感兴趣的是跪在岳飞墓前的四个小铜像——秦桧、王氏、万俟卨、张浚，这是四个害死岳飞父子的奸人，他们跪在岳飞墓前，游人都往他们身上吐口水，走近还能闻到一股尿臊味，可见还有人往他们身上撒尿。20世纪80年代，我们带学生去杭州参观时，这四个铜像还在，只是用栏杆围起来了，环境卫生也改进多了。在全国各地，忠臣贤相以及各种名人墓前有跪着四个奸人铜像的，恐怕也只有杭州岳王庙了。另外，值得一提的是，杭州有一种传统美食，名叫"葱包桧儿"，是用一张薄饼卷着一段炸好的油条，然后再撒上葱末，在平底锅上压扁，翻转煎烤，最后再抹上一层甜面酱，吃起来很香很好吃。"葱包桧儿"很便宜，老百姓（包括我们中学生）经常随便买一个当早点或零食吃。这"葱包桧儿"指的是把秦桧油炸了然后吃掉他！多好玩啊！特别是小贩摆个摊位，边做边叫卖，这叫卖声很有趣，有腔有调的，而且所有的小贩都用这个腔调叫卖，这个调大致是这样的：

| 3 5 3 1 2 — ‖

葱包 桧儿 啊

| 3 2 1 6 1 1 2 — ‖

桧儿 已 爆 火 热 啊

这个腔调我们上中学时很多同学都爱哼哼，因为校门口就有两个叫卖葱包桧儿的小贩，大家听得多了就都学会了。

"葱包桧儿"这个吃食，只有杭州城才有，全国各地都是没有的，绝对算得上杭州地方特色，这从另一个侧面也反映出杭州人的"南宋情结"——尊敬岳飞，痛恨秦桧。

近年来，我在我们清华大学校门外的一个杭帮菜餐厅中，在菜单中居然发现有这道吃食，列在"点心"类中，我估计不是老杭州人肯定不知道这是种什么点心。我一看价钱不便宜，居然要8元钱一个。有一次我试着点了两份，但吃起来感觉却没有我小时候吃的那么好吃了，这可能又是我的怀旧情结在作怪吧！

葱包桧儿　章向苏摄

湖滨今昔

西湖的湖滨地区，在老杭州俗称"旗下"，意思是这是清朝旗人住的地区。确实是这样，在清代，朝廷把老杭州城区和西湖用墙隔开（有点儿像柏林墙一样），北起钱塘门，南至清波门，把整个西湖的东面十几平方公里都围成军营，由清朝八旗军驻守，满族官员和随军家属也都住在这个"旗营"内。这样一来，杭州城内大部分百姓都被和西湖隔开了，根本看不到西湖，如果要到西湖去玩，也只能在"旗营"的西南角涌金门附近（后改为"柳浪闻莺"公园），通过一个由清兵把守的道口，才能走进西湖的东南角，或乘船或步行去游西湖。

清朝廷这种不顾老百姓生活，并带有歧视汉人、横行霸道的做法，自然会激起老百姓的反感，从我小时候起，就感觉到杭州人没有一个人不骂清政府的。自唐、宋、元、明几百年来，杭州城和西湖紧紧相依，湖光山色凸显了杭州城的风采，西湖也带动了杭州城的繁荣和发展，特别是南宋定都杭州后，更是人民安居乐业，城市发展得欣欣向荣（所以杭州人至今都带有南宋情结），但自从清兵占领杭州后，竟采取如此野蛮和荒唐的措施，我心想，这是清政府故意的，带有一种报复和欺凌的含义，因为宋朝岳飞抗击的是金兵，而金王朝恰恰是清廷的祖先，所以清统治者这么做，是有其政治含义的。

这个清朝的兵营占地十几平方公里，占据了西湖的整个东面用地，而且还沿着西湖修起了高高的城墙，真不知道他们是怎么想的，天底下居然有这种事，这是在世界各国改朝换代时都不曾发生的，可能清朝统治者也不想让军营里的士兵天天都看到西湖吧！清军进驻杭州等于把繁荣了几百年的杭州城又弄得倒退了二百年。直到辛亥革命后，民国政府的第一任杭州市长就下令拆除清朝军营的城墙，把西湖全部露出来，把西湖还给杭州城，这事在民国初年非常轰动，杭州城老百姓无不拍手称快。

我祖父就是在辛亥革命后从老家绍兴迁入杭州的，他本人还参加过"同盟会"，是一个激进的革命党人，我上面所说的情况也是我在小时候时他讲给我们听的。

这块靠近西湖原来是清朝军营的一带区域（大概是东浣纱路以西地区吧），杭州人统称为"旗下"，意思是满洲人的地方，民国以后，虽然军营没有了，但名称却一直被老百姓使用着，我小学、中学时代，杭州人到湖滨去时还总是说"到旗下去"。这个"旗下"，在我小时候几乎包括了杭州城新兴的所有繁华地带，后来的延龄路、平海路、教仁路、解放路等处，几乎都算作"旗下"。

除了清河坊、河坊街等一些老城商业区外，这"旗下"是杭州市曾经最繁华的地区，吃、喝、玩、乐以及各种商业设施，为旅游服务的旅馆、酒店、各式餐厅、咖啡馆、电影院，乃至后来兴起的"大世界"等都集中在这个地带。

我认为，将原来清朝军营的沿湖城墙原址改成沿湖的"湖滨路"是一件大好事。沿湖滨路由南至北（到昭庆寺为止），开辟了六个湖滨公园（从一公园到六公园），每两个公园之间向东开了一条短街（例如教仁路、仁和路、平海路等），使老百姓有很多视觉通廊（这是现代说法）可以看到西湖；每个路口都有一座雕像和纪念碑，有淞沪抗战纪念碑，还有一座上面立着五个炮弹的纪念碑，不知道叫什么；这些措施使杭州市区和西湖紧密联系，更增添了杭州市的风采。

另外杭州一些知名的小吃，如"知味观"的汤圆、"奎元馆"的"片儿川"和"虾爆鳝"汤面、"功德林"的素菜等等，都是这"旗下"区的，这些昔日的老品牌也一直保留到现在。

雨中苏堤

　　拿苏堤与白堤相比，是很有趣的事。苏堤不像白堤那样，一步一景。白堤，沿着两岸有很多名胜（平湖秋月、中山公园、孤山、浙江博物馆、西泠印社，还有"楼外楼"这样的著名菜馆）。而苏堤是长长的，只有六座桥，但很少有人能叫出这六座桥的名称，总体上讲，苏堤本身是比较平淡的，很是普通，但偏偏是这么一条极为普通的堤，但在许多人（尤其是古今文人）眼里，它的美学价值甚至比白堤还要高。许多人都认为，苏堤好比是一个朴实素妆的民女，而白堤则是一位浓妆艳抹的佳丽仕女。

　　　　水光潋滟晴偏好，
　　　　山色空蒙雨亦奇。
　　　　欲把西湖比西子，
　　　　淡妆浓抹总相宜。

　　苏东坡这首咏西湖的名诗，是对整个西湖的赞美，但我觉得这诗的最后一句，对形容苏堤和白堤来讲，仿佛也很合适，苏堤就是有着这种朴素的、自然的和不加修饰的美。
　　细雨中的苏堤，远处空蒙的山色，延伸在湖中的倒影，营造出一种诗意的境界。苏堤的美丽，不是靠它本身，也没有多少有趣的历史故事附加在它身上，它的魅力就在于它静静地融入西湖和周边的环境，和自然结合在一起，形成一种整体的景致。

我记得大约在20世纪60年代吧，我和大学同学一起走过苏堤，也是一个蒙蒙细雨天，我们也不打伞，就这么漫步走着。那时苏堤上还是沙土路面，堤两岸是自然的草坡，草坡直接延伸到湖中，湖水有节奏地轻拍着坡面，草地上有的地方还有很多白色和黄色的小野花，有的地方还有一种叫"茑萝丝"的攀藤植物，因为没有人工花架，它们就平躺在草地上，但深红色的喇叭形的小花却一朵朵朝上笔直地盛开着，信步走来，我们当时就感受到一种自然的、朴素的情趣。后来我在报上看到一篇报道，说周恩来总理陪同一位高层外宾游西湖也是在下雨天的时候，徒步在苏堤上走了一段。

苏堤　章克红摄

忆 故 乡

雨中苏堤，体现出西湖另一方面的美，有了苏堤，才使整个西湖的美感呈现出了多种多样的个性。

雷峰塔下

说起雷峰塔，很多人都会想起白素贞被法海和尚镇压在雷峰塔下，永世不得出来的故事，这场悲剧，牵动了许多中国人的心。

1924年9月的某一日，一声闷响，这座千年的古塔忽然倒下，一时间，成为各大报纸的头条新闻，鲁迅先生还为此专门写了一篇文章（《论雷峰塔的倒掉》）。世人都说白娘子终于能逃出来了，但许仙又在哪里呢？仙草恐怕救不了凡人，雷峰塔倒掉的那年，许仙要是活着，恐怕也有一千岁了吧。

雷峰塔倒掉的真正原因，众说纷纭，但曾有一种说法是，当时民间盛传雷峰塔砖具有"辟邪""宜男"等作用，因而屡屡遭到盗挖，最终导致崩塌。听我父母说我家原来收藏着两块雷峰塔的砖，这是雷峰塔倾倒后我祖父在杭州从别人那里收购来的。我看到过一张照片，倒塌的塔座像一座小山，山坡上密密麻麻全是杭州城的老百姓，他们都是在挖找雷峰塔的"金砖"，实际上哪有什么"金砖"，无非是雷峰塔的许多砖上刻有经文，"金砖"实际上可能是"经砖"的讹传而已。我父亲说这两块砖很值钱,但抗战中逃难因为太沉,并没有带在身边,抗战胜利回老家后,我祖父和父亲在故宅中遍找也找不到,也不知被人弄到哪里去了。

我对雷峰塔也就知道这么多,这几十年来,很少有人再说起过雷峰塔了。

谁知道,大约十几年前吧(2002年),忽然说要重建雷峰塔了,这可是大新闻,而且这新的雷峰塔设计居然还是我们清华大学建筑学院的一位古建筑学教授设计的,这事我原先一点儿也不知道。大约在几年前吧,我有一次去杭州开会,住在西湖花港宾馆,这宾馆就在雷峰塔下,我抽空走出宾馆

雷峰塔残址
根据1910年旧照片改画岳.

旧时雷峰塔

忆故乡

后院，抬头便能见到这座新雷峰塔。外表一新的塔身高耸入云，据说塔身造型绝对是参照五代时建筑式样和文献资料设计的，是有根有据的，而且在修建时发现原来塔座下还有一个宝盒，内藏着高僧舍利等物，因而设计者马上修改设计，采用高技术手段，完整地保护了这个宝盒，并用玻璃罩罩住，既保护了文物又可供游人欣赏，这个新塔的设计无疑是高水平的了。

但是，我从远处看，这座十三层屋檐的新塔却很难和以前看到的未坍塌前的雷峰塔的形象联系起来，未坍塌前的雷峰塔从远处看很像一段立着的老玉米棒子，颜色黑乎乎的，轮廓圆乎乎的，塔身有许多裂缝，塔尖倒还保留着一个锥头型，估计千百年来，它的多层屋檐和外檐装修早已崩坏，只剩下塔身了。但是，在过去许多年中，雷峰塔就是这个形象吧，乾隆钦定西湖十景中的"雷峰夕照"也可能就是这个样子，乾隆南巡时想必看到的雷峰塔可能也就是这个样子吧？我家有一本大清宣统元年（也就是1910年）影印的《中国名胜》画册（是和美国一个文化商会合编出版的），该画册中有"雷峰夕照"和"南屏晚钟"等景观的照片，雷峰塔就是光秃秃的这个样子，我因而由此想到了一个问题，恢复雷峰塔是按多少年来世人心目中"雷峰夕照"的那个样子好呢，还是按文献考古记载重建好呢，我觉得这是一个可以商榷讨论的课题。

离雷峰塔不远，就是著名的净慈寺，这座寺庙规模宏大，甚至能与灵隐寺一比。我上小学和中学时去玩过好几次，每次去玩时必到那口济公的"运木古井"边，探头往下看看，每次都能看到浮在井水中的一根木头——看到这根木头，似乎更能感觉济公和尚的法力无边（估计每隔几年，庙里的和尚也要换一次这根木头吧）。从20世纪60年代以来，我就没有再去这净慈寺了，也不知道这口"运木古井"中还有没有一根木头了。济公和尚虽说是传说中的人物，但是，济公在杭州市老百姓心目中是很受喜爱和尊敬的，在古代人物中，我估计他在杭城老百姓心目中的地位仅次于岳飞了。

雷峰塔一直是西湖的标志景观之一，雷峰塔起起落落几百年，关于雷峰塔的样子和它的故事，我想每代人，甚至每个人心中都有一个自己的版本。

新建雷峰塔　章克红摄

忆故人

"拙匠"与大师

——梁思成先生的教诲使我终身难忘

慕梁思成之名考清华建筑系

我第一次听到梁思成先生的名字,还是我在上高中的时候。那是1953年春天,我正在上高中三年级上学期,但班上已有不少同学在课下议论报考哪所大学以及学什么专业的事了。可是我当时对这些还不太懂,因为那时候我还不到17岁。课外书倒是看了不少,但大都是小说之类,对大学里学什么专业学科,基本上是一头雾水。

大学全国统考的时间就在七月份,也就是说我们高三上学期一结束就要参加高考了,这是怎么回事呢?其实是因为我上的是高中春季班,按当时教育部规定,我们这种"春季班"就只有两年半的周期,高三上学期一结束,就算高中毕业,就可以和秋季班(足足三年周期)毕业生一起参加高考了。至于为什么学校会开设这种春季班，许多年后我也没搞清楚，反正有同学认为是占了便宜，也有不少同学认为是吃了亏，因为我们比人家少上一学期的课，学的东西少而且高考复习的时间也少……不过我那会儿对这些想得不多，反正跟着大伙儿一样，考就考吧。

但高考前还是要填志愿表的，那么专业也总是要有一个选择的吧！我记得就在那年春天（大约是四月份左右吧），我们高中前一年毕业的奚树祥同学给母校毕业班来了一封信，他考上了清华大学建筑系。他这封信的鼓动性很大，他在信中说清华大学如何如何好，有40多位苏联专家到学校来指导教学，还说到建筑系来的专家是一位卫国战争期间的游击队英雄（听到这个消息，我们许多同学都吃惊得张大了嘴），他在信中特别提到建筑系主任是梁思成教授，他是梁启超的儿子。我们不少同学一听这个，又是觉得不得了。梁启超我们当时都知道，"康梁变法"，那可是大学问家，得了，就报考清华大学建筑系吧。我放弃了原来想报考农业大学园艺专业的想法（因为当时我在生物课上听老师说苏联米丘林搞出什么嫁接法，能生产出香蕉味乃至芒果味的苹果出来，我对这个很感兴趣）。

考上清华大学后，没想到如果想上建筑系，还要加试美术，这我以前可没听说过，我和高中同班同学程立生当时都有点儿怪奚树祥同学了，他并没有在信中提起要加试美术，否则我们也好预先准备准备，临时补补美术吧！但事到如今，也没办法，听天由命吧。我们在高中时只上了两年半课，没有美术课，怎么办呢？程立生同学从小就喜欢画画我是知道的，但他以前爱画一些小人书上的人物——什么关云长、赵子龙之类的人物，这个本事在考建筑系加试美术时肯定没用了，于是我俩商量练练素描速写吧。我们对着一个杯子和一柄牙刷画起来……但第二天到大图书馆考场，老师给每人发一张白纸，要每个人画一幅名为"我的故乡"的画，还要限定时间，四个小时交卷，这下我又懵了，真是艰难啊，谁画过这个呢？！

我左思右想，真不知道画什么才好，这明明是一篇作文题嘛，怎么变成了一个美术考题呢？我后来终于画了一张西湖景色图，因为我想西湖最能代表我的故乡杭州了，而且西湖我又常去玩的，所以有些印象。我画了西湖岸边的一排栏杆，还在栏杆后面画了一排树（估计画得有点儿像扫帚），还在画面上方画了单线条的笔架形远山，上面加一个宝塔。水最难画，干脆什么都不画，在远处画上一条游船就是了，原来我还想再加画两只鸟在天上飞，但后来一想，怕画不像，决定放弃了（如果我当时真画上两只鸟，可能就考不上建筑系了），就这么一张挺像儿童画的作品，没想到顺利过

忆故人

关，我和程立生在接到通知知道我们都被建筑系录取后，高兴得不得了，我又觉得建筑系不难考了（也许我那点儿抽象概括能力的小聪明打动了美术老师吧）。

关于考建筑系前前后后的事不说了，就此打住，言归正题。

我慕梁思成先生之名报考清华建筑系，但考上建筑系后，几乎很少有机会看到梁先生，我记得可能在什么大会（开学典礼吧）上见到梁先生一次，梁先生也没有讲话，是由主持大会的一位教授（副系主任）介绍给大家的，梁先生戴副眼镜，身着深灰色中山服，面容清瘦，向大家微笑点头示意。后来再也没有机会见到他了。听我同班同学说起过，在系馆资料室里倒是见过梁先生的夫人林徽因先生。

梁先生那时候估计是很忙的，他经常要参加首都规划委员会和建筑学会的会议，还要经常出国访问，还要进行重大项目的设计研究（例如天安门广场人民英雄纪念碑），那时学术界还在批判"大屋顶"等等，而我们低年级学生，每天的日程都排得满满的，我们的专用教室不在系馆内，我们每天从宿舍到教室，从教室到食堂，从食堂到宿舍，这个铁三角一天要来回跑两圈，连建筑系馆（清华学堂）都很少有时间去，看不到梁先生也是很正常的事了。

但前两年低年级的学习，使我懂得了建筑学专业是怎么回事，通过建筑历史课、建筑设计初步课等授课老师的讲解，我们也对梁思成先生的学问和为人知道了不少，我心里对梁先生敬仰得很。

1954年起在建筑界掀起一场批判"大屋顶"的风暴，梁先生也受到不小的冲击，我们当时还是刚入学不久的学生，虽然从报上一些文章（还有漫画）中知道一些情况，但实际上对于这场"运动"的缘由和它本身所涉及的政策问题以及学术理论问题并不太清楚，事实上我们低年级同学也没有被卷进这场大辩论，我们照样上中国建筑史的课，照样费劲地画传统建筑的渲染图……当时听有的老师说，中国民族形式的大屋顶造价很贵，许多建筑都用上大屋顶会给国家造成经济上的很大损失，我们听了也觉得很对。新中国成立初期，解放战争和抗美援朝战争刚结束不久，国家刚开始第一个五年计划搞经济建设，百废待兴，经济问题的确是非常重要的，至于大屋顶嘛，少用一些就是了，我们不少同学当时就是这么想的。后来事实证明，老师们说的话是对的，像我们这种最朴实的认识（实际上也是大多数老百姓的认识）也是对的，中国传统建筑本身还是很漂亮的。后来听说周总理针对当时被批评为"华而不实"的"专家招待所"（今日的西颐宾馆）这栋建筑说了一句话，大意是：华而不实，毕竟还是"华"的嘛。国家领导人实事求是、中肯的点评，既批评了建设中浪费的现象，也肯定了中国传统建筑（民族形式）的优点。后来这场批判运动就逐渐地平复了，建筑界大多数人也冷静下来了，我们系里的教学活动一切照常，没受什么影响。我很佩服周总理高屋建瓴式的讲话，他看得远、分析得准，至于梁先生，他依旧是我们学生心中崇拜和尊敬的师长。

在"国庆工程"设计的日子里

1959年是新中国成立十周年的重要年份。从1958年起，中央及北京市就开始筹划为纪念新中国成立十周年而兴建十大"国庆工程"的工作进程，从1958年夏天开始，我们全系师生（低年级学生可能基本上不参与或很少参与）都积极投入了这项工作，我们系参加了人民大会堂、革命历史博物馆、国家大剧院以及科技馆的方案设计竞赛工作，我那时候是五年级，我们全班九十人全部参加进去了，这半年时间里，梁思成先生可忙了，他是首都规划委员会的副主任，天安门广场的规划方案和一些重要的国庆工程设计方案，他肯定都要参与评审的；同时，他对我们系内的国庆工程设计方案也在百忙中抽时间参加评议。我记得有一次评议人民大会堂方案设计的会，他也参加了，只是大教室中人挤得满满的，我挤在人群后面，也听不大清楚梁先生说了什么。梁先生对国家大剧院方案却分外上心，那时我们国家大剧院设计组在系馆二楼东面几个房间内，我记得有一次他来我们屋听李道增先生介绍方案的情况，梁先生特别强调要注意反映中国传统建筑的特点（民族形式），他说大剧院是国家艺术的殿堂，艺术就是要有民族性，他的意见，也成为我们设计国家大剧院的基本理念。我们设计国家大剧院时，基本平面功能布局是按照李道增先生的意见，参考了德国德绍剧场的平面，而我们所做的所有大剧院的外形方案，全部是中国民族形式的，没有例外。我想，我们大剧院设计组全部人员，都尊重了梁先生的意见，都是和他的观点保持一致的。令我印象深刻的是，梁先生自己还动手画了一个国家大剧院的

1995年国家大剧院实施方案图

立面方案，托李道增先生带到设计组（他当时因为市内有重要会议不能来），在我的记忆中，这可能是梁先生这些年来唯一为首都工程而亲自动手画的一张设计图，这也是我第一次见到梁先生自己画的设计图。

这张图尺寸并不大，是用硫酸纸画的，并不是徒手草图，看来是用丁字尺三角板在图板上画的，画得很认真，铅笔淡彩，色调典雅，并没有大红大绿的颜色，但呈现出的色调我感觉有点儿敦煌壁画的格调。梁先生在国家大剧院设计中并没有用上大屋顶，而是在屋檐部分用了小坡顶（黄色琉璃瓦的），大剧院入口部分是九开间柱廊，用的是方柱而不是圆柱，最重要的是，梁先生画的柱廊中的柱子并不是顶在梁枋下面，而是把柱子穿插上去，使屋檐下厚厚的梁枋形成一格一格的图形，李道增先生向我们传达梁先生的设计意图时，特别强调梁先生的意图是一定要体现出中国民族形式的精神，这种柱廊方式是"插枋"而非"托枋"，李先生说这是梁先生最重要的设计理念。"插枋"是中国传统建筑形式中最重要的特征之一，而"托枋"却是西方古典建筑形式——柱式的基本特征。我们看了这张图，都很受启发，当然，因为平面功能布局和总平面关系，我们并没有直接按照梁先生的方案做，但梁先生的设计理念直接影响了我们后来的设计方案，这是肯定无疑的了。我和田学哲两人负责最后方案的立面设计,我们采用了"插枋"的柱廊形式,同时也采用了平屋顶厚檐口及贴黄色琉璃瓦饰面砖的手法,所不同的是,我们的方案在插枋手法上用上了"冲天柱",直接冲破屋檐,而且强化了柱头的造型设计。柱廊中我们还画上一排红色宫灯,使这个建筑看上去更有中国味,后来我们这个方案被评审委员会正式确定为中选方案,但要在这基础上进一步优化,上报后又得到批准(后来听有关人员说毛主席亲自点头同意了我们这个方案),听到这个消息我们十分兴奋,这张渲染图后来文化部还给我们要我们继续修改,我当时还在这张渲染图背后写上:"此图是毛主席看过而且批准的国家大剧院方案"。可惜的是,这张渲染图以及梁思成先生亲手画的设计图后来都找不见了。20世纪80年代,我还去资料室查过,都没有找到,想必是经过漫长的十几年,以及在"文化大革命"动乱的年代中,我系资料室图档室都曾被红卫兵抄过家,资料损失严重。我问过当时管资料室的同志,她们都说查找过,但确实找不到了。

关于"象征主义"

我在后几年的设计中,又有幸得到了梁思成先生的几次指点和教诲，懂得了"象征主义"并不是高明的设计手法，这使我的设计理念和手法都提高了一步。

1960年，我们系又接受了解放军大剧院的设计任务，当时由李道增先生担任设计总负责人，我担任建筑组组长（那时我刚毕业留校工作，参加了由教师和学生共同组织的设计工作组），但由于我刚毕业，和参加设计组的学生其实就相差一个年级，那时候学生也没有把我当成老师，大家都是只差一年的高低年级同学，因此，基本上没有学生称呼我为老师，男同学个个都直呼我的名字，女同学不好意思直呼我的名字，她们客气一些，就叫我"组长"，但我和毕业班学生彼此之间相处十分融洽，合作得也很好。

"解放军大剧院"也是一个极为重要的项目，做设计方案时我们马上想到要表现"国威"和"军威"，我画这些方案时，为了表达这个"军威"气氛，我在建筑物屋顶上加了一些战士形象的雕像，有点儿学古罗马帝国的大建筑物的样子，我自己觉得很气派、很威武。

有一次梁先生也来参加评图了，他看完方案后当时就指出这种手法不可取，他说："你们都知道古罗马时代的神庙吧？还有那个柏林的布兰登堡大门，那都是罗马帝国以及普鲁士皇帝为了炫耀他们的武力而建成这样的，后来意大利出了个墨索里尼，他又想学古罗马，他是个法西斯分子，这个墨索里尼在罗马城南部搞了个'新罗马风格'的建筑，难看得很。"梁先生又说："我希望你们不要随便地模仿西方古典建筑，更不赞成你们学那种加雕像的手法，你们这是在设计建筑，加那么多雕像上去干什么？"（注：我在八十年代去过罗马南部，看到了那批墨索里尼提倡的"新罗马风格"建筑，确实难看得很，它们呈现出一种粗野而又粗暴的建筑个性。）后来我们都按照梁先生的意见去掉了许多建筑物顶上的雕像，改进了方案设计。

梁先生对我更直接的一次批评和教诲是在两年后。

那是1962年春天，建筑系大部分教师以及高班学生又参加了"古巴吉隆滩胜利纪念碑"的全世界范围内的方案设计竞赛。这次设计竞赛，又点燃起我们年轻人的热情，因为菲德尔·卡斯特罗、切·格瓦拉、劳尔·卡斯特罗等人的传奇故事在当时的大学生中人人皆知，卡斯特罗在起义前曾被巴蒂斯塔政权抓起来在法庭上接受审判，他在法庭上公开申辩时发表的演说"历史将宣判我无罪"使我们对他敬佩不已，至于格瓦拉更是许多女同学的偶像。

古巴革命成功后第二年，美国就组织一批由古巴流亡分子组成的雇佣军向古巴发起反扑，对古巴发起武装侵犯，古巴革命政府很快就在"吉隆滩"（又名"猪湾"）打垮了侵略军，捍卫了新成立的古巴人民共和国。为了纪念这次有历史意义的胜利，古巴政府决定在吉隆滩建造一座纪念碑，当时由苏联政府发起国际设计竞赛，向全世界征集设计方案。

　　我们不少年轻教师和高年级学生都热情高涨地投入了这次设计竞赛，我们脑海里充满了"革命的浪漫主义"思想，出现了许许多多浪漫的想法：什么最能代表古巴这个国家的特点？什么最能反映出古巴人民勇敢英武的气概？不少人立刻想到了"甘蔗刀"，因为它是最能代表古巴特点的物件，但光是甘蔗刀也不够啊，于是设计方案图中出现大量的长枪、刺刀、火箭炮，还有带刺的仙人掌等等图案的纪念碑。另外，我们都特别留意"VENSELEMOS"（"古巴必胜"的意思）这个拉丁语口号，据报道说，当时卡斯特罗在号召人民抵抗美国侵略者时最后就是喊这个口号的，于是有人就设计了一面大墙，上面刻上"VENSELEMOS"，再让一架美国飞机撞毁在这面大墙墙根下，这个方案很吸引大家的目光……我本人当时一鼓作气画了五个方案，其中一个方案把古巴国旗平躺着铺在地上，用草地和鲜花组成国旗图案，在中间五角星的位置上耸立起五把甘蔗刀。我还画了一个巨大的仙人掌形状的纪念碑图案，旁边画着一个举起甘蔗刀的古巴人，设计图上方写着一行大字"VENSELEMOS"！

再 见，故 乡 与 故 人

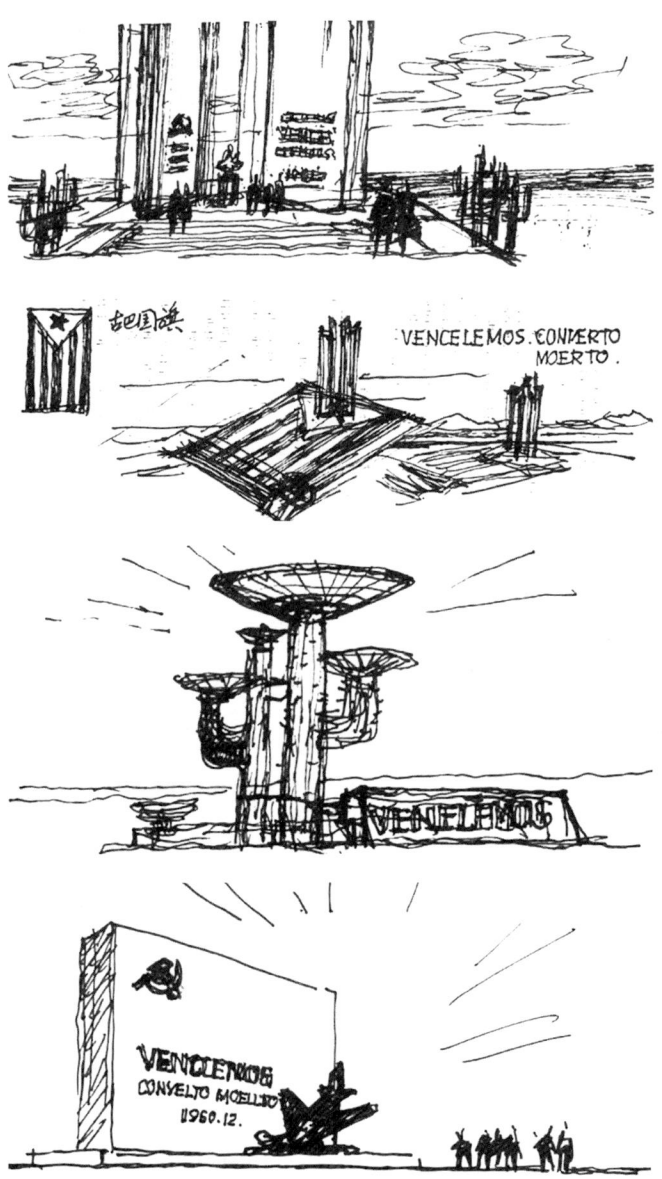

古巴吉隆滩胜利纪念碑设计竞赛　设计构思意向图

忆 故 人

在评图会上,梁思成先生来了,当时梁先生看图非常认真,他摘掉眼镜,仔细地看着这些挂在墙上的图纸,当他看到我画的两张图时,他转过身来对着我说:"胡绍学,这是你画的方案图吧?我一看就知道是你画的。"我回答说:"是我画的。"我心里明白,这几年我画了许多次用炭笔表现的设计草图(包括国家大剧院、解放军剧院等),梁先生都看到过,大概他已熟悉了我的草图特点。这时梁先生对我说:"你的设计图像漫画!"听了梁先生的话,我一时不知怎么回答。

梁先生在看完大家的图后,转过身来,对在场的全体学生和年轻教师说:"我这里要向大家提出一个问题,就是建筑设计中的'象征主义'问题,这是一种常见的设计手法,但这是比较低级的设计手法,要表达纪念建筑的意义和精神,不一定要让建筑物直接模仿某种物件或自然界的动植物形象,这种象征主义纪念性的建筑,在历史上几乎没有特别成功的。"梁先生停顿了一下,又接着说:"在苏联十月革命后一段时间内,特别是在卫国战争胜利后,出现了一股象征主义设计思潮的作品,甚至把真的坦克车、大炮、火箭炮(喀秋莎)直接放在基座上作为纪念碑,这些手法不高明。建筑师设计纪念建筑时,应当用建筑物的造型和空间来营造一种气氛,使人能够得到崇高、挺拔、有力的感受,这是我们应该注意的，我们应当把眼界放高一些。"

梁先生的这段话，的确是一位有着深厚建筑艺术修养的前辈对年轻建筑师的教诲，我当时做了一些记录，原话不一定记录得完全，但大意绝不会错。

我感觉梁先生评图时并不是就着一张张方案图点评这些图中的具体问题，他不是只评论比例、色彩等等，而是站在高处就设计方向性的问题谈出精辟的意见，对我们年轻人来说，犹如醍醐灌顶，思想震动非常大，由此，我也感觉到梁先生的学识和见解，确实非同一般。

会后，我又联想起我在解放军剧院设计中也受到过梁先生的批评，看起来"象征主义"的设计理念已成为我当时的"习惯性思维"了。梁先生批评得对，而且他的话很精辟深刻。这次古巴吉隆滩的设计评图使我印象深刻，久久不忘，梁先生的教诲，使我终身受益。

1960年解放军大剧院设计　我的构思草图

忆故人

陶猪

在我当学生的时候,就听到过在我们建筑系内部流传的一则小故事,那就是关于梁先生家的那只"陶猪"的事情,这是梁先生钟爱的一件收藏品。我听到过本系的一位教师说起过,梁先生曾对学生说:"你们什么时候能欣赏这只陶猪的妙处,你建筑系也就可以毕业了。"但这只陶猪究竟是什么样子,绝大多数师生都没有看到过。

1962年夏天,系里请梁先生给研究生及年轻教师做一次学术报告,当时民用建筑设计教研组让魏大中和我到梁先生家中拿一些教具、模型。到了梁先生家中后,梁先生要我们带一个斗拱模型、一些书籍(图册)等,这时候,我看到书架上有一个像猪一样的灰黑色的小物件,梁先生说把这个也带上,于是我马上伸手去拿,梁先生马上对我说:"小心,别摔坏了,这可是件宝物。"我问:"这就是那只陶猪吧?"梁先生说:"是的,你们有盒子吗?最好把它用纸盒装上。"我们说没带纸盒,然后梁先生找出一个小纸盒把这只小陶猪装在里面,交给了我,我对梁先生说:"您放心吧,我们不骑车,我们走到系馆去。"这时,我又向梁先生说:"梁先生,你这只陶猪在系里可有名呢!好多人都知道。"梁先生笑着对我们说:"你们觉得它好在哪里?"魏大中说:"看起来像是一件仿古的雕塑品，如果这是件出土文物，那就挺有历史价值的。"我接着说："这陶猪胖乎乎的，看上去有点傻，挺可爱的。"梁先生笑了，说："你们还没有看懂这只陶猪的妙处，它就在于一个'拙'字，过会儿我在课堂上讲给你们听。"

在去清华学堂的路上，我和魏大中议论起来，我们认为"拙"就是"笨拙"的意思，猪本来就是比较蠢笨的。魏大中又说汉代墓葬中有陶俑、陶猪这种陪葬品，都是泥瓦匠做的，他们并不是什么雕塑家，大概其凭着自己的印象捏一个就是了。我们又认为这些匠人总还是能捏出一个东西的基本造型来让人一看就知道是什么，虽谈不上精准也算不错了。

在课堂上，梁先生讲课的内容很丰富，谈了许多关于建筑艺术修养方面的内容，深入浅出，很生动。梁先生在讲到建筑物的比例尺度时，说这个尺度很重要，这建筑物的尺度就是人的尺度，一切以人的感觉来确定尺度的合适与否，他在黑板上画了一个带坡顶的小房子，然后在房子边上画了一个人，他对大家说："看，这座房子能住人。"接着他把"人形"擦掉，画上一只大狗，又对大家说："看，这房子变成狗舍了，这房子尺度变了，可见建筑物的所有尺度都是以人的观感和使用是否方便得当为依据的。"他又说："这个图只是做个比方，真正的尺度和细部处理是非常讲究的，设计时必须仔细斟酌……建筑构图规律很多，你们都知道统一、变化、比例、尺度等等元素，而这其中'尺度'是最难掌握的，你们将来会慢慢领会的。"

梁先生讲课中又谈到中国传统建筑的几个特点，其中他谈到"插枋"与"托枋"是中国古典建筑和西方古典建筑的根本差异之一，因为中国古典建筑是木结构，而西方是石结构，这两种建筑材料的特性决定了建筑形式的不同。

这堂课上，最吸引人的部分，是梁先生用粉笔在黑板上画了一座宝塔（北京的辽代天宁寺塔）。梁先生是很认真仔细地一笔一笔画出来的，我从未看到过别的老师在黑板上这么认真地画讲课时用的图。画完宝塔后，他又将塔身各部分（屋顶、多层屋檐、基座等）引出水平线，但没有注出各条水平线间的距离尺寸，而是像写五线谱那样，在各水平线之间画上各种音符记号，例如全音符、二分之一音符、四分之一音符、休止符等。画完后，梁先生转过身来面对满堂的学生们笑，并说："你们看，这就是一首乐曲！听，这座宝塔带给我们音乐的享受。"这时，大家都屏住呼吸，静听梁先生的讲话，我们都是第一次听到有老师这么形象这么生动地描述建筑和音乐的微妙联系，"建筑是凝固的音乐"，这句赞美建筑的名言，在梁先生的笔下被阐释得如此形象而又精辟。

几个月后，梁先生在《建筑学报》发表文章，名叫《拙匠随笔》，也有以上这个内容，梁先生称自己为"拙匠"，意味

汉陶猪示意图

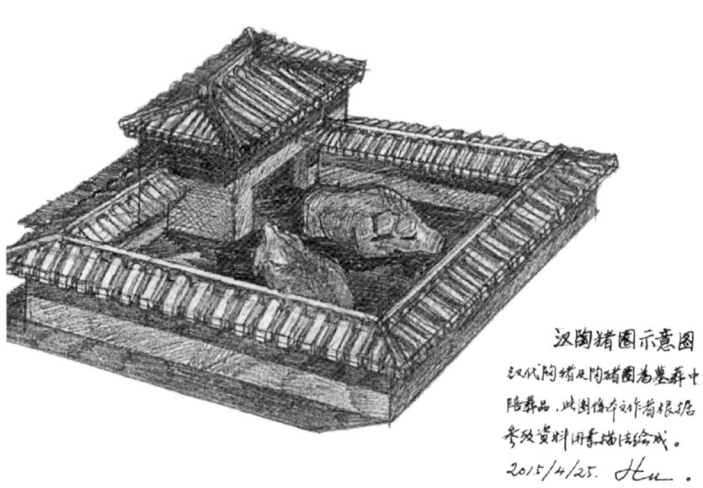

汉陶猪圈示意图

忆 故 人

深长，当时，我就想到了那次梁先生谈到那只陶猪时也用了一个"拙"字，可惜那次讲课时谈到的内容太多，到了下课时候，梁先生已没有时间再讲陶猪的"妙处"了。

几十年过去了，现在我写这篇回忆梁先生的文章时，我百感交集。我首先想到的是我们遇到了这么有学问同时又风趣又亲切的老师，真是三生有幸，我逐渐领会到梁先生讲话的深刻意义，他极其重视建筑艺术传达出的内在美感，这是一种含蓄的美，正所谓"可意会不可言传"。梁先生用了一个"拙"字来形容那只陶猪的艺术价值，我现在领会了，这个"拙"字，是一种艺术境界，那只看上去不起眼的陶猪，它的造型能准确地表达出猪的根本特征，做陶猪的匠人（或许是仿古雕刻的人？）也许不是大艺术家，但他能凭借生活中的直觉抓住了猪的本质特征——笨拙，就像一幅儿童画，儿童们往往能画出他们最强烈感受到的外在事物的实质和特点，儿童画虽然技法粗糙，形态不准，但儿童们画的画有时候比那些矫揉造作的美术作品更能打动人心。我终于领会到了，如果艺术家创作艺术达到了"拙"这个层次，那就是一种返璞归真的境界了。

我同时也很佩服梁先生在讲课及评论时用词的准确性，往往用最少的词和字，譬如用一个"拙"字，再譬如用两个字的"插枋"和"托枋"，就能极其准确地阐释和表达出丰富和深刻的含义，真是"惜字如金"。我又想起王国维先生在《人间词话》中评论苏东坡、辛弃疾和姜白石三人词作的境界高下时，也只用了"隔"与"不隔"来形容，梁先生和王国维他们的话真是异曲同工，不愧都是大师的境界。

我自从1959年秋天到建筑系工作后，有幸得到梁先生多次亲自教诲，但自从1966年"文化大革命"，直到1972年梁先生去世，这段时间内我仅见过他一次，那是在1966年8月24日。我至今都记得这个日子，那是一个噩梦一样的夜晚，清华园的二校门被聚光灯照得雪亮，一群学校领导干部还有知名教授在红卫兵的呵斥下，在费力地拆除"二校门"——清华大学最重要的标志物。我在清华学堂大门口，看到梁先生被一群红卫兵押着游街，梁先生头上戴着纸糊的高帽，身上披着龙袍（清华建筑系资料室的收藏品，原来是清华社会系的藏品），这是什么样的情景啊！那时那刻，我的心情，我至今都不愿再提起……自从那次远远地看到过梁先生一眼后，直到他去世，我就再也没有见过他。

作为清华建筑系的学生，我也可以称得上是梁先生的弟子，几十年过去了，梁先生的音容笑貌依然清晰地留在我的记忆中，梁先生的人品学问以及他的几次教诲，使我终身受益。

2015年4月于清华园

回忆戴念慈先生

想起来距今大约快六十年了吧,1957年当我还是大四学生的时候,我认识了戴念慈先生,戴念慈先生也是在那时候知道了我。

当时清华大学建筑系实行了一项非常好的制度,那就是四年级的课程设计(公共建筑)的指导老师要从校外请最有经验的建筑师来兼任。那年我们的课程设计题目是"旅馆设计",系里请了四位国内知名的设计大师来指导,他们是张镈、戴念慈、严星华以及林乐义,他们当时都是北京建筑设计院及中国工业设计院(建设部设计院的前身)的总建筑师,那时候他们四位已经是中国建筑界的有名人物了。

那时我们建筑系馆还在清华学堂,我们班专用教室在学堂二楼,但系馆的大房间不够用,我们和田学哲、汪庆萱、吴炎堃四个人分在系馆东面的一间小房间,现在想想真是很运气。因为只有我们四个人，所以座位四周都比较宽敞，戴先生负责指导田学哲和吴炎堃，严星华负责指导我和汪庆萱，他们各自还在别的房间指导两个学生，到我们屋时，因为我们的房间小，所以戴和严两位老师在看完各自指导的学生后，总是又转过身去看另一侧的两位学生的图，他们两位老师还相互讨论，所以从实际效果上看，就是两位老师一起指导我们四位学生，这使得我们很高兴，可以同时接受两位大师的指导。

　　戴先生说话细声慢气、和颜悦色，而严先生说话却声调高昂、中气十足，每逢严先生说话时，戴先生往往停住自己的话，笑眯眯地看着严先生，听他讲话，这情景十分有意思。有一次，严先生看着我的方案图，大声地对我说："你这个旅馆设计中的卫生间尺寸完全不对，尺寸大得离谱，你可能一点儿生活体验都没有……"这时戴先生笑着对严先生说："他们一个学生哪里会住过饭店。"戴先生又笑着问我："你参观过饭店吗？"我说我们参观过一些饭店，譬如北京的国际饭店，戴先生一听又笑了，对严先生说："你看，学生都参观了你设计的国际饭店了，照样不会做……"严先生也笑了，说："所以说如果住过一次饭店，那卫生间里面的设备怎么用、尺寸多大肯定都会清楚了，好吧，现在只能靠你们自己从书本资料上把它搞清楚了。"我当时感觉很不好意思

（其实是内疚），我当时的确没有搞清楚旅馆中卫生间的一些设备，连抽水马桶我都从来没有用过，只是画了一个圈，具体尺寸真的不清楚，卫生间该多大才合适也不清楚。

严先生对学生的设计图看得很细，还特别关注图上的一些主要尺寸，刨根问底地问我为什么是这个尺寸，而戴先生却常常问学生为什么建筑的各个功能部分采用这样的布局以及你是怎样想的等等。总之，两位老师各有侧重，对我们帮助都很大。

有一次，戴先生顺便走过来看我画立面草图，我用透明纸蒙在正立面图上修改门窗屋檐比例，他看了说不要光考虑一个立面，应该同时考虑一个建筑的几个面的效果，他亲自动手给我示范，他照我的设计很快画了两个方向看的透视图，然后对我说："你看，你这个房子从真实效果看，体型单调，所以应该首先从改善体型上着手，光考虑门窗比例没有用。"戴先生的铅笔透视草图画得很准，很好看，我们在前两年做设计时，还从未看到过有老师亲自动手画透视草图这么准，这使我感受颇深，也使我下决心一定要学会戴先生这一手本事。时间一晃已过去几十年，我回忆起这些往事，倍感亲切，我后来喜欢徒手画设计透视草图主要就是从戴先生还有汪国瑜先生那里学到的。

我记得戴先生还对我们说过，他说做建筑设计决不能一个方案做到底，要多方案比较，他说："建筑设计不是解数学题，只有正确和错误两个结果，解一元二次方程式还有两个答案呢，何况建筑设计？"戴先生这些话，令我印象十分深刻，后来我教学生时，也常常引用他这段话。

1958年国庆工程设计竞赛时，我们清华建筑系参加国家大剧院的设计，戴先生领导他们设计院参加了中国美术馆的设计，这两个建筑方案评审会常常是合在一起开的，我们也参加了会议，多次看到戴先生参加评审会，由中国美术家协会组织评审（当然也有文化部领导和专家参加）。我印象最深的是有一次最重要的评审会（在帅府园中国美协展览厅内举行），在讨论中国美术馆的各种方案时，专家们却没有看到中国工业设计院送来的方案，就问这是怎么回事，有工作人员赶紧回答说他们正在来的路上，请稍等一会儿。过了一会儿，只见两个年轻人扛着一块图板急匆匆地走入展厅，戴先生跟在后面，这图板上是戴先生他们的最终设计方案渲染图，图纸都还没有干，所以无法下板，就这样把湿的图纸连图板一起扛到评审大厅来了，可见他们也是连夜开夜车，在完成最后一刻后送到评审大厅的。而这个方案，就是被评审专家们最后选定的方案，也就是戴先生亲自画出的"敦煌莫高窟形象方案"，就是现在人人都已熟悉的沙滩中国美术馆。

"文化大革命"十年期间，知识分子和专家们的遭遇，

忆 故 人

大家都知道，我这里不再说了。反正从国庆十周年之后，我大约有整整20多年，没有再见到过戴先生。直到改革开放后的1984年，我们因为参加烟台市"中国建筑者之家"的设计竞赛，才在烟台鲁鹰宾馆见到了戴先生，也见到了许多建筑界的元老级专家们。我见到戴先生，是在评审会前，我非常兴奋地走向戴先生，对他说："戴先生，您好，您还记得我吗？"戴先生先是一愣，然后忽然对我一笑，说："记得，当然记得，国庆工程美术馆方案评选的时候，我们见过几次，你们做的国家大剧院方案也很好。"我说："戴先生，您还记得我的名字吗？"戴先生说："怎么不记得，我教过你们设计课，你和田学哲我都记得。"我又说："您指导我们设计课时所画的草图，我们还记得呢！"这时田学哲也过来对戴先生说他至今还保留着戴先生的草图，戴先生高兴地问我们这几年都做了什么项目，我们说我们一边教书，一边也做了不少设计，这次也来参加"中国建筑者之家"的设计竞赛，戴先生听了笑着说："好，好！后生可畏嘛！"在这次评审会上，我介绍了我们做的方案，最后，我们的方案被全票通过，顺利入选。那时候的设计竞赛评审会不像现在这么严格，参加设计的人可以坐后面旁听，只是表决时要退场，在会上，我听到戴先生很肯定我们的方案。

在那次评审会中间，一位烟台市主管城市建设的负责人

（规划部门的领导）前来找戴先生，说想请戴先生设计一座烟台的灯塔，说这是烟台市的标志，戴先生听后，忽然指着坐在后排的我说："我最近工作太忙，恐怕没时间动手做设计了，我给你们介绍一位年轻建筑师（其实那时我也不年轻了）胡绍学同志，他们清华老师做建筑方案很好的。"后来，李道增先生就鼓励我做烟台灯塔的方案，我很高兴地答应了。为了趁戴先生在这里开会能有机会给我指点指点，我当时就回招待所客房内画了一张很小的方案草图（炭笔画的），拿去给戴先生看，他一面看一面问，还是二十几年前指导我们设计课的样子，最后，他同意了我的设计方案，并指出几点必须考虑到的问题，譬如灯塔的高度一定要按海港局所提出的技术要求决定，不可擅自决定；还指出一定要保留原有英国建造的旧灯塔的基座等等重要的意见，后来我们都一一照办。

戴先生那时已经六十多岁了，除了担任中国建筑学会的理事长，还担任建设部的副部长，已经是高级领导了，工作繁忙可想而知，但听说他那时还指导年轻人做设计，他自己还动手画方案图。戴先生身体原来就不健壮，这一次我见到他时，他精神虽然很好，但我感觉他比以前更消瘦了，说话声音变得更轻了……看到这些，我心里十分担心。

我那几年还看到过戴先生的一些其他设计作品，譬如说斯里兰卡班达拉奈克国际会议中心大厦,从照片上看,建筑物外形端庄秀丽,并且具有当地的民族文化特征;还有,颐和园北宫门外的"马列主义学院"(现在的中央党校),在八十年代后期我们也去参观过,是现代派的风格;戴先生在曲阜的"阙里宾舍"设计更是精彩,建筑外表及庭院设计呈现出中国传统建筑的风韵,但手法是现代的,新建建筑与周边的环境也很协调。我一直感觉戴先生的设计中,似乎透着一份灵气,在立面造型上常常有一般人想不到的处理手法,那些年,我自己在做设计的时候(譬如中国建筑者之家),有时也会模仿戴先生的手法,但总是学不好,用今天的话说,那就是学得还不到位。戴先生一直是我在建筑设计方面的导师,是我的榜样,虽然戴先生只教过我一学期的设计课,但我后来从戴先生的作品中一直能学到东西。

从八十年代中期开始,我参加过一些中国建筑学会组织的学术会议,也见到戴先生几次,但他因为是会议主持人或者是大会主要学术报告人,在这期间我不容易有机会和他单独见面。在碰见时(例如在餐厅用餐时)也只能是寒暄问好而已。

1991年深秋季节(可能已经是冬天了吧,大约是在十一月份),我参加一次高校设计院的工作会议时,忽然听到一个消息(噩耗),说戴先生在一天前因病去世了,我当时大吃一惊，几年不见，怎么戴先生就一去永不复返了呢？当时东南大学建筑系的一位老师也悲伤不已，因为戴先生原先还是中央大学的学生，东南大学也是他的母校。

戴先生的去世，使我心里非常难受，他是我最尊敬的老师之一，也是在业务上我最敬重的指导者之一，他的设计思路和专业技巧影响了我一辈子。

谨以此文，表达我对戴先生的追思之情。

2015 年 12 月于清华园

回忆张镈先生

我在回忆戴念慈先生时,马上会想起张镈先生,我心想写完回忆戴先生的文章后,一定要写一篇回忆张镈先生的文章,因为张先生也是教过我们的老师,而且张先生是我遇见过的前辈建筑大师中最有趣的人。

张镈先生在中国建筑界可说是人人皆知的建筑大师,他主持设计的北京人民大会堂、民族宫、西颐宾馆等等建筑物都是自新中国成立以来我国新建筑中的典型之作。

张镈先生是在北京市建筑设计院工作的,我认识张先生和认识戴先生一样早,而且张先生和我的接触更加多一些。

在我读大四的时候,一些著名的建筑大师被请到建筑系教旅馆设计课,张先生不是直接指导我的老师,但他留给我们学生的印象却是很深的。张先生身高体胖,和戴先生是一个明显的对比,张先生常常到我们四个人的小教室里来谈天，有时候也来看看我们的设计图，我第一次看到张先生就留下了一个这位老师很有趣的印象。那天，张先生走进我们的小教室的门，一进来，他就呵呵笑着说："这个门太窄了，刚刚够我通过！"接着他对我们几个学生说："我身体最宽的地方不是肩膀，而是中段，加上两条手臂，刚好70厘米，这个门宽也就70厘米，刚够我通过。"我们听了也都笑了起来，张先生又接着说："你们别笑，我这身子是一把最好的尺子，门多宽我一走就知道，还有我的手掌、我的脚，全是尺子，我两手平伸、单手举高都是尺子，都有用的！"他说得连戴念慈先生和严星华先生也都笑了起来，我们知道张先生是在告诉我们人体尺度的重要性，但他的讲话方式却很有趣。

张先生晚年时的体重比较重，有时候开会，他坐在沙发上，想起身却站不起来，我记得有一次开座谈会，他起身是我和另外一个同志撑着他才站起来的。

但是，从我第一次看到张先生，到以后几十年中，他留给我的印象始终是精神饱满、声音洪亮，讲一口地道的北京话，除了身体胖，其他看起来都十分健康。

20世纪80年代中期，我们参加"中国建筑者之家"方案设计竞赛，他也是评委。我们所有人全都被安排住在烟台市东海滨"鲁鹰宾馆"，评选会第二天，张先生忽然上吐下泻病倒了，原来那次大家吃新鲜的海味，可能食物中毒了，还有几个人腹泻，但病况没有张先生重。

当天晚上，我和田学哲到张先生房间去看望他，田学哲和张先生的儿子是高中同班同学，田学哲还常去他家玩，所以和张先生早就认识。进门后，张先生看到我们去探望他，很高兴，他躺在床上，想探身起来，我们赶紧扶住他，要他别起来仍然躺着，他说他现在感觉好多了，他躺下后笑了起来说："好汉难挡三泡稀啊！"我们一听都笑了起来。

张先生对我们说："你们的方案做得不错，有点儿意思，但是屋檐太窄了，小坡屋檐看起来就像是一层平平的薄檐口，没有反映出地方特色，尺度感有问题……"

我记得当时我们就讨论起坡屋顶的坡度问题和尺度感的问题，张先生告诉我们："做中国传统坡屋顶，一定要保证足够的坡度，不要凭自己的感觉减小坡度，现在有很多模仿中国传统坡顶形式但却减小坡度，从透视上看根本看不到坡顶，这坡度一点儿都没用，还是应该按传统建筑的法式做，该多高就多高！"他又告诉我们："当初我做民族宫时，大屋顶立面一画出来，不少人都说怎么这么高，太高了不好看，我坚持不降低屋顶高度，怎么样？盖完后他们都认可了，都说幸亏没降低屋顶高度，否则盖完后就像一顶鸭舌帽了，老祖宗的东西不能随便改，要么不做，要做就该做得地道……"

在和张先生的接触中，我们学到很多有用的东西，包括理论观点、实际手法等，这些都是他多年的经验积累，他都毫不保留地教给我们这些晚辈。在那次谈话中，我们还聊起建筑立面中的尺度感问题，张先生又说："建筑物立面的尺度感是一个很微妙的东西，要考虑人在远处看和在近处看的感觉是不一样的，看新建筑和看旧建筑的尺度感也是不一样的，都需要仔细捉摸，有些旧建筑你印象中往往觉得很高，但实际上没有那么高的，所以，如果要恢复一栋旧建筑，或者按旧的传统形式盖一栋新建筑，应该在尺度上和高度上稍微再放大些或抬高一些，否则建完了后，人们会觉得它怎么变矮了？我刚才还忘了告诉你们，我设计民族宫时，大屋顶屋檐下和主体建筑之间的高度我还有意抬高了一些，因为过去中国传统建筑没有民族宫这么高的，所以屋檐下高度加大一些，从透视上看舒服一些。就像人脖子短了不好看不是吗？"……在我记忆中，那次谈话虽然时间不长，但张先生风趣的话却使我印象深刻，使我学到了不少东西。

在20世纪90年代初，清华二校门要恢复建造起来（二校门在"文化大革命"中被红卫兵推倒砸毁），但基建处能提供的资料只有一张原来正立面的照片，没有尺寸，也没有其他任何图纸，原来的二校门各部分细部的尺寸也没有人记得清楚了，这怎么办？好在这张旧照片中，二校门旁边站着一个人，是个男的，这就基本上可以作为尺寸参考了（我们当时按这个男人身高为173厘米计算），我当时嘱咐孙国伟同志按这个人的身高，按同样比例推算出二校门立面各部分以及细部线脚的尺寸，这是一件十分细致而又烦琐的工作，但也没有别的办法。在小孙画完最后的立面图后，我忽然想起张镈先生说过的话："在恢复旧有建筑时最好适当加高一些。"我考虑二校门的塔式干柱式部分是不能改动尺寸的，因为文艺复兴柱式的各部分比例很严格，改动柱身高度会成为不标准的"柱式"，因此，我和小孙商量，把柱身以下的基座加高20厘米，而二校门中间拱门上面写有"清华园"三字的檐下部分是人们熟知的重要部位，其尺寸也不能改变，最后，我们考虑在二校门最上方的女儿墙部分做了适当加高（增加30厘米），这样经尺寸调整后的二校门立面图，看上去和原先的照片几乎没有什么走样，于是就决定按此图施工了。新的二校门建成后，校内师生员工以及校庆回校的校友们都非常高兴，昔日熟悉的清华园中心部分终于恢复了原貌，二校门再次成为人们拍照留影的重要地点。新的二校门建成后二十多年来，没有任何人感觉到和提出过这座二校门的高度和原来的二校门有什么不同，我后来常常思考这个问题，我觉得张镈先生的观点是有道理的，可能是基于他的经验提出的看法，理论上很难证明，但实际效果是成功的。后来我想张先生的观点可能是参考了雕塑界的看法，因为要雕（或塑）真人大小的雕像时，一定要比真人高一些，否则做成后会使人觉得比真人矮了，这是一种习惯心理因素在起作用吧？

说起二校门，我又想起了清华园最早的"大校门"，即西校门，这又和张镈先生有关系，因为这西大校门是张镈先生早年设计的。大约也是在20世纪90年代中期（二校门复建后），有一次基建处负责同志找我商量，说要加固和修复西校门的外饰面，请我去西校门现场商量，我去看了后，发现西校门的外饰面已经破损不堪（估计已有六十多年未修过了），但立面分缝非常合理，尺寸比例也很漂亮，后来我对基建处的同事说外饰面改用新的材料可以，但饰面分缝尺寸绝对不能改变，因为这座西校门是建筑大师张镈先生设计的，很体现了他的设计风格——敦实、厚重、气派而又大方，西校门是清华园中又一个具有历史意义的建筑物，加固和修复时千万要注意保持原有建筑的风貌（包括材料色彩、饰面分缝尺寸等）。

人们都说，"建筑如人"，还真有点儿道理。一名建筑师设计出来的作品，在其建筑风格中，除了受时代的影响外，总带有建筑师个人兴趣爱好以及性格特点的痕迹。戴念慈先生的建筑作品都比较端庄而又典雅,而张镈先生的一些作品,大都厚重、大方、有气势,许多有名的外国建筑大师们的著名作品也都能体现出他们个人的性格和爱好,正因为建筑学本身包含着艺术创作的成分,搞艺术的人如果不反映艺术家个人的审美情趣和个人性格特点,那他做出来的作品还能生动吗?还具有艺术生命吗?

我至今还记得一件有趣的事,大约在1958年冬天吧,我们许多人都到人大会堂工地上去参观。那时候人大会堂主体结构已经大体完成,正要准备做外墙立面施工,在工地上按1/10的比例做出一个人大会堂东立面柱廊的片段,檐部处理、柱子及柱头都做得相当细致,是按实施方案做成的,做这个缩小的立面实物是为了征求建筑界同行的意见和建议,以便改得更好更完善。在场去的人有建筑师、教授、雕塑家等,这时,张镈先生站在前面给大家讲解,我听见他指着大会堂柱子的柱头说:"有人提意见说这个柱头是埃及式的,其实不是,是吸收了中国传统的莲花柱头样式特点的,埃及的莲花柱头是'草莲花',他的花形和咱们的不一样,他们是上小下大的,还有人说这柱头太胖了,有点儿'肥头大耳',我倒是喜欢有点儿'肥头大耳'的,因为这样才显得雍容华贵……"张先生的话还未讲完,底下发出一片笑声,大家笑出来是因为张先生说的话让人不禁与他本人的形象联系起来，但大家并没有取笑他的意思，许多人都说："就按这个柱头样式做很好，很大气的。"

张先生就是这样一位很风趣又使人觉得很好玩的人，但他在说风趣话的同时，实际上却说出很多切实的道理。

张先生是我青年时代和中年时代设计生涯中的良师益友，在那些年的多次接触中，他教会我不少实际有用的专业知识。也就是在1958年冬天，我们清华大学承担了国家大剧院的设计任务，那时国家大剧院的施工图正在进行中，那时候我是被分配在国家大剧院外墙立面组做设计，由于人民大会堂工程量浩大，它的施工图早已完成，主体结构也正日以继夜地在抢着施工，但它的外墙所需的花岗石贴面材料因为考虑将来石材施工周期需要长一些，所以必须赶早去订货以便早日可进行石材加工。这时，国家大剧院还没有接到通知要停建，国家大剧院也需要花岗石面材，而且必须和大会堂的石材是相同色彩和质地的才行，因此，工程指挥部要清华方面也同时去预订石材，这时系里派我去和北京市建筑设计院人大会堂现场设计组商量，那天我到了那里，一进屋就看见张镈先生和许多设计人员围坐在一张大桌子旁讨论，我一进去，张先生就看见我了，他认得我。（因为前一年我还在北京院进行施工图实习，而且张先生还教过我们设计课，在北京院实习时，我们还和张先生他们室的同志一起讨论过民族宫的设计问题，张先生也参加了。）张先生看见我就说："胡绍学你来是为外墙花岗石的事吧？指挥部的人已通知我了，说清华也要派人一起去选石材，你来得正好，指挥部同去选石材的同志马上就来了，我先向你交代一下。"听了张先生的话我很高兴，于是张先生带我到大桌子旁边指着靠墙立着的一些石材样板，他告诉我第一是色彩要浅些，要纯净的，不要有太多的芝麻点（黑点），第二是要颜色看起来是"暖调子"的，要"暖灰色"，他指着这几块石材样板要我细细品味比较，我这是第一次听到"暖灰色"这个词，觉得很新鲜，但仔细品味后，又觉得这个词很贴切，虽然同是灰白色的花岗石，但色调确实有"暖灰"和"冷灰"之分，我后来就学会了这个词，还常常在选石材时用它。后来我和工程指挥部的一位同志去了河北昌黎县，我们去了好几个开采石材的山上，大块大块的花岗石毛料被切割好，等待运到山脚下再切割成小一些的毛料，这些小山坡上全是人，钻机声音大得听不清人说话，场面很大，热火朝天，这里附近的村镇都动员起来为北京国庆工程开采石料。我们和村里的负责同志一起选了几种石料，他们答应三天后就做成小块样板，送到北京以供最后选定。（后来由于客观原因，国家大剧院项目暂停。）

20世纪80年代以后，外国各种建筑思潮陆续传入国内，国外许多设计公司也大量进入中国建筑设计市场，国内建筑界的创作思潮也在一定程度上相当混乱，模仿、抄袭时髦建筑形式的设计手法成风。那时候我参加过不少次建筑方案评审会，也有几次遇到过张镈先生——他作为评审委员参加会议，在我的记忆中，几乎没有听到过张镈先生对被评审的设计作品说过好话，他每次总是大声地批评设计中的问题，而且全都是集中在面积浪费、结构不合理、功能使用方面不合理等等问题，他和有一些评委不一样，他很少对设计风格表明自己的意见，给我的印象是，他似乎对一些所谓的"创新风格"不感兴趣。当时我也听到一些比较年轻的同行们的议论，意思是张先生似乎落后于时代了，是"保守派"等等。张先生当时年事已高，身体也每况愈下，他也很少亲自操刀做工程设计了，他作为北京市建筑设计研究院的几位老资格顾问总建筑师，主要是负责指导重要项目的设计，同时参加一些北京市重要项目的评审会。但我并不认为张先生是"保守"，因为我认为张先生每次发言提出的批评和意见每次都是对的，是无法否认的，不管这个设计作品的风格形式好不好，但张先生提出的问题是必须改进的，这难道就是保守吗？

为什么张先生不大愿意对建筑风格和创新问题发表意见，我认为并不等于张先生对这方面问题没有意见和看法，他不愿表明看法这本身就是一种态度。张先生六十多年的实践经验，在现在评图中提出许多有益的意见和建议，无论如何对今后提醒设计者改进设计不都是有益的吗？至于建筑形式和风格问题，张先生不愿意多说，这也是很正常的。

我记得贝聿铭先生在一次谈话中谈到对建筑师的看法，贝先生认为建筑师大致可以分为两类：一类是实践型的建筑师，多做实践少谈理论，但这并不意味着不关心时代和技术的发展，在实践中也可以多学习多应用新技术新材料，并在大量的实践中形成自己的风格；另一类建筑师比较重视理论，在建筑形式和理念上重视创新，并在自己的实践中不断地追求创新，这可以说是一种创新型的建筑师。这两种类型的建筑师都可以为社会和建筑业发展做出贡献，当记者问贝先生自己认为是属于哪一种类型的建筑师时，贝先生回答说他认为自己是属于实践型的建筑师。确实，贝先生完成了大量的实际项目设计，世所公认，贝先生也形成了他独有的建筑风格，但贝先生并没有写过什么大量的理论著作，他不也是世界公认的建筑大师吗？

我认为，张镈先生就是一位经验丰富、技术娴熟的实践型的建筑大师，他的实践经验和对建筑本原的看法，对年轻后辈来讲，绝对是十分有用和宝贵的。

九十年代初期，我的同行好友魏大中在北京市建筑设计院工作，他和我曾说过，他在做北京长富宫的设计时，由张镈先生指导把关，魏大中跟我说他从张总那里学到了"好多招"，我现在想起来，我虽然没有在张先生手下工作过，但在这几十年中，张先生也传授过我不少知识和手法，用当今武侠小说中的说法，好比是他也教了我"好多招"，而且"招招管用"。

张镈先生离开我们好多年了。我记得在北京市建筑设计院为他举行的遗体告别仪式上，来吊唁他的人非常之多，我排队等了好长时间才走进吊唁大厅。吊唁厅中靠墙立着数不清的花圈，还有人写了挽联向张先生致敬，我走过躺在花丛中的张先生遗体边时，我看他瘦了很多，我当时心中非常难受。张先生是我尊敬的老师，是我们的前辈，我会永远记得他的指导。

2015 年 12 月于清华园

回忆汪国瑜教授

以前清华建筑系毕业校友的许多回忆母校的文章中，很多人都提到了汪国瑜先生，汪先生在学生们心目中，是一位和蔼可亲、多才多艺，又善于谆谆教诲的学者和老师，学生们尤其佩服汪先生的独具一格的书法艺术以及他的建筑画，也有很多学生们称汪先生是"清华建筑画派"的代表人物。

我在动手写本文的时候，也犹豫过到底写不写，因为这么多校友的文章中差不多已经把汪先生的方方面面事迹和特点写完了，我再写一篇同样类型的纪念文章还有人看吗？但是，我最终还是下决心写一篇怀念汪先生的文章，原因是：第一，我自认为我和汪先生相处的时间（包括当他的学生和同事）比大多数写回忆汪先生的文章的校友们都要长；其次，我又自认为我和汪先生相处及交往的过程中，有一些情况是很特殊的，可能是很多人没有经历过或者不知道的；当然最重要的原因是，汪先生是我建筑专业生涯中的领路人之一，也是我的良师和益友，我认为我必须写一篇回忆汪先生的文章，以表达我对他的感激之情和怀念之心。

说起来也许有人会不相信，我1953年秋季进入清华建筑系上学，直到1958年，我大学五年级时，我才第一次见到了汪先生本人，而汪先生此时早已在建筑系任教快十年了。一个学生在建筑系学了四年，还没有见过这位已在建筑系任教近十年的教授，这不是有点儿奇怪吗？其实不奇怪，我同年级的同学不少人和我一样，在大学的前四年中，都没有见到过汪先生。

原来，汪先生1956年下半年被派到苏联进修去了，而我们在大一、大二时，专用教室都不在"清华学堂"系馆内，每天的固定活动路线就是从宿舍到食堂，再从食堂到教室，再从教室到食堂，然后再从食堂回宿舍，基本上很少有时间去系馆，后来汪先生又到苏联去了，所以在大学前四年，没有见到汪先生。

我记得大约在1956年时，我们看到过在杭州西湖边"华侨饭店"的全国设计竞赛中获第一名的方案图，设计人是汪国瑜、胡允敬、朱畅中三位先生。这个饭店不但设计风格新颖，透出一种典雅别致的韵味，而且表现图画得非常漂亮，水彩色薄薄的，有一种近乎透明的感觉，整张画面色彩淡雅，当时我就很佩服这位汪国瑜先生，因为他们的这个设计和其他的参加竞赛的方案比起来，确实水平高出一块。但是，我还没有见到过汪先生本人。

我第一次见到汪先生，是在1958年我们系参加国庆工程设计竞赛的一次评图会上。那次是"人民大会堂"的方案评图会，在系馆一间大教室中，人挤得满满的，那时我们班参加的设计项目也很多，我参加的是国家大剧院设计组，比我们低一级的1960级同学参加了人民大会堂和革命历史博物馆等方案设计组，但很多项目的评图会，其他组的同学们也可以参加旁听。

在那次评图会上，我看到了汪先生的一张水彩渲染图，他设计的人民大会堂是西洋式（更确切地说是苏联式）的，正面是高大的柱廊，非常气派，整张图色调淡雅，但是色彩明朗、渲染技巧细腻，尤其是图面衬景中的树画得非常漂亮，我们当学生的尤其注意汪先生那画树的"帅"劲儿，无不交口称赞。汪先生那时也就三十多岁，他刚从苏联回国不久，我印象中他有一种艺术家的气质，潇洒而文雅。

后来一段时间，我又被编入王玮钰先生和汪国瑜先生所在的人民大会堂方案组，我记得我当时用6B铅笔画了一些徒手方案草图，粗粗的线条，还涂了不少阴影，汪先生看了就笑了，对我说："你这像是画素描，画建筑设计方案图应该再细微些和准确一些，否则下一步怎么深化？"后来在国家大剧院及解放军剧院设计中，我多次欣赏到汪先生画炭笔粉彩草图的情景，汪先生还亲自教过我用炭笔时握笔的方法以及用手指抹粉彩的方法，从那时起，我画设计草图时就更多用炭笔画了。

六十年代初期，我有幸和汪先生编在同一个教学小组，教低年级的建筑设计初步课及设计课，那时候还没有电脑，所有的设计图都是徒手或用丁字尺三角板手画的，而学生的课程设计最后要完成的图纸，规定要用硬纸（重磅道林纸）裱在图板上，画建筑效果图要用水彩渲染，渲染图中，建筑本身表现以及画天画地等只要按固定方法进行，不会出太大的毛病。但一张渲染图的衬景，却直接影响了这张渲染图最后的效果，尤其是树，树在一张渲染图中特别重要，不画就不能衬托出建筑所在的环境，画坏了就等于废了这张表现图，所以每到画树，学生们都提心吊胆，甚至很害怕。现在说起这个事，可能很多人会觉得很可笑，学建筑的学生，把建筑设计好了，树有什么要紧的？老师评分时难道会因为衬景画不好就减分？但实际上，在那个年代，建筑设计本身固然是最重要的，但一张表现图的整体效果，也是非常重要的，也是老师们评分时的参考因素，因为这也在一定程度上反映了学生的一种构图能力和审美水平。（就是在现在电脑绘制效果图的时候，设计师们不也是很注意选择树的形状以及在图面中的位置吗？）

于是有一次，我向汪先生提出一个请求，我说："汪先生您能不能画一些树的样子作为示范图，给学生们作为参考，以便掌握画树的基本要领。"汪先生痛快地答应了，他没几天就拿来一张用白道林纸画的图，上面排列了几十种画树的方法，全是用毛笔蘸着黑墨水画的，各种各样的树，有杨树、柳树、松树、柏树、阔叶树、灌木丛、花丛、玉兰花、梅花……应有尽有，琳琅满目。其中有汪先生独创的一种风格的树形，我们当时都称为"扫把树"，那是一种化繁为简的能集中表现树的姿态的一种典型画法，后来这种"扫把树"已成为汪先生的一种"品牌"。我们年轻教师及许多学生都纷纷效仿。这张图在学期结束后，汪先生送给我了，我收藏了好多年，但是几经搬迁，后来我找不到了，这是汪先生亲手用心绘制的一张教学参考图，也反映了汪先生极其认真的教学态度，现在想起来真可惜啊。

汪先生的炭笔粉彩表现图，最能体现出他独具一格的绘画风格以及高超的绘画技巧，汪先生的设计草图以及水彩、水墨画，多次在系馆走廊中展出，令许多年轻教师及学生们叹为观止。实事求是地说，我认为汪先生的手绘表现图的水平，在当时全国范围建筑院校中，也是首屈一指的，当时我们一批年轻教师，譬如说田学哲、冯钟平、单德启、魏大中、徐莹光以及我等，都从汪先生那里学到了不少建筑画的技法，要说我们都是汪先生的画建筑画的"嫡传弟子"也不为过。二十世纪八十和九十年代，汪先生还画过"黄山云谷寺"等一批炭笔粉彩画，更是闻名遐迩。

1984年，李道增先生、汪国瑜先生以及我本人，我们三人参加了全国人大常委会办公大楼的方案设计工作，那次项目的参加者很多。组织者在全国范围邀请了三十多人，集中住宿在西皇城根一座楼房中，每天大家都各自做方案。当时的全国人大常委会副委员长以及有关领导同志还经常来看我们做方案的情况，这个办法效率确实不差，我估计四五天时间恐怕有几十个设计方案出炉。令我印象深刻的是，汪先生在画方案图时，他周边常常聚着一些人围观，汪先生做了一个方案是一个大的院子，院子中有一个球形屋顶的大会议厅，四周为办公楼，汪先生这个设计方案很有特色，但多数年轻设计师都是慕名来观摩汪先生的画图手法的。

汪先生晚年还出版了一些书法和画集，得到业界广泛好评。依我之见，汪先生当之无愧地是我国当代建筑画界"宗师"级的人物。

20世纪70年代初,"文化大革命"晚期时,汪先生和我本人都受到了冲击,当时建筑系和土木系合并为"土建工程系",我和汪先生因为还在受审查,因而不能参加教学工作,只能被分配做一些教辅工作。当时我和汪先生在主楼九楼一个房间内刻钢板(为当时的工农兵学员班的教材油印讲义用),所谓刻钢板,现在的年轻人可能都不知道是什么东西了,那是当时一种用来油印教材讲义的蜡纸,用铁笔在蜡纸上刻字,蜡纸下垫着钢板,刻好一张蜡纸,在油印机上用手拿着滚筒来回滚动,教材讲义的内容就印在纸上了,一张蜡纸可以印上百张(这种油印讲义现在恐怕只有在博物馆中才能见到了,但油印方法在咱们中国却是通用了几十年)。当时,我和汪先生刻印的是《结构力学》《建筑施工》《英语教材》等内容的讲义,我们每天每人能刻2~3张蜡纸,一共刻了一年多的时间。

在蜡纸上画插图绝对是个技术活,一般油印讲义中也多半只是单线条图,线条还不能交叉,否则一印起来蜡纸就破了,而汪先生和我却能刻印出带立体感(有阴影的)的插图,我们刻画的施工机械如吊车、大卡车、挖土机等都画得极为认真和生动,像美术画,再加上汪先生那一笔好字,标题有时还用隶书(我的字比起汪先生自然要差,但比普通常见的油印讲义上的字要好一些),这几本油印讲义出来后,我记得当时土木工程系的几位老师以及一些学员看了无不交口称赞，有的老师说："这教材质量堪称全国一流水平。"我当时心想，你们哪里知道，是一位书法家和艺术家在给你们刻印教材啊！

在这段和汪先生朝夕相处的特殊经历中，我从汪先生那里又学到不少知识。每当我们刻钢板一个小时左右，手腕酸软时，我们就休息二十分钟，汪先生点上一支烟，我们就聊天了，天南海北、诗词书画、建筑艺术等都是聊天内容，汪先生广博的知识，使我受益匪浅。

有一次汪先生问我一个问题，他问我："你说说为什么中国传统建筑形式的基本体系是木结构？中国许多地方都不缺石材，为什么中国发展的是木结构体系，而西方古典建筑发展的却是石结构体系？"我听了汪先生提的这个问题，一时间蒙住了，想半天也答不出来，我学过中外建筑史，我自己对中外建筑史是很感兴趣的，我能准确地画出中国传统建筑的典型架构模式（甚至典型斗拱体系我也能画出来），也能准确地画出希腊、罗马时期的一些著名建筑立面，但我却从来没想过这个问题（也许有老师讲过而我不知道）。

汪先生看我回答不出来，也笑了，他说这个问题是一个很有意思的问题，他接着说："你知道是什么原因吗？是'宗教'原因！"

"宗教原因"？这个论点太有意思了。汪先生接着对我讲了如下观点："你说咱们中国主要的宗教是佛教吧！许多老百姓信佛，但是，中国历史上许多朝代的帝王，实际上信奉道教，推崇道教，譬如说秦始皇迷信道教，他追求长生不老，为寻找长生不老药而东临黄海之滨，宋徽宗更是自称'道君皇帝'，唐玄宗迷信道教也不必说了，成吉思汗极其尊重丘处机，道教可以说是元朝的国教了，明代不少皇帝信奉道教，一心炼丹，都想长生不老，到了清朝，乾隆皇帝表面上尊重佛教，但他自己实际上信奉道教，他还自称为'十全道人'……"

我问汪先生："但道教和中国传统建筑木结构体系有什么关系呢？"

汪先生答道："奥妙就在这里，你要知道，佛教宣扬"来世"，劝人们在世时多做善事，以求"来世"取得好报，而道教却重视"今生"，希望通过修炼达到长生不老成为"仙人"，这是完全不同的追求。"我听了汪先生的解释，有点明白了，我说："当皇帝的当然希望长生不老，以便能永远享受荣华富贵，所以特别喜欢搞什么"修炼""炼丹"，找什么"仙草"及养生秘方，无非是想多多享受今生，而信佛教太苦了，要在世时吃苦修行，吃素念佛，无法享受……"汪先生说："这就是原因，一个皇帝登位，他就开始做几件大事，修陵墓、盖宫殿，陵墓建在地下，他们也知道用砖石建陵墓不容易腐烂，而怎么能更快地建起宫殿来以供享受呢？最快的方法就是采用木结构！"我听了汪先生这话，茅塞顿开，我说："是啊，中国历史上改朝换代时还有一个野蛮习俗，战争取胜登上皇位后还要一把火把旧朝代的宫殿烧掉，然后兴建新的王宫。"汪先生说："这种情况倒并不是经常的，你是指项羽放火烧秦始皇的阿房宫吧？但大多数新登基的皇帝恐怕舍不得这样做，他能享受现成的宫殿不是更快吗？"

汪先生还说："中国古时候盖房子主要就是土和木材，所以说土木、土木，现在我们把建筑工程称为土木工程就是这么由来的，土木工程英文就是"Civil Engineering"，原文是"市民（公共）工程"的意思，"土木工程"是中国人的译法，这也反映了中国历史上的习惯概念。"

汪先生关于"木结构体系"的这个观念，在汪先生和我讲以前，我确实是从来没听说过。我现在认为，汪先生的这个观点虽说不一定能概括全面，但确实有其合理性的一面。通过那次谈话，我觉得汪先生的确是一个博学多才的学者，同时汪先生还是一个善于思考的学者。

1989年，我在英国进修时，见到了我的一个学生，他当时在爱丁堡大学读博士研究生，他说他的论文中有一个核心问题，也是他的导师提示他要进行研究的问题，那就是"为什么中国传统建筑采用木结构体系？"（这说明英国学者也注意到了这个问题），他说他准备回国做些调查研究，我告诉他一定要去拜访汪先生。

我后来常常想起汪先生的这个有趣的观点，20世纪90年代，我好几次想去拜访汪先生再讨教讨教，但忙于行政事务以及工程设计事务，一直未能去拜访汪先生，我也和一些同行谈起过此事，他们一听之下都说："这个看法好新鲜啊，以前还真不知道有这方面的原因。"

我上面就是这么一件小事写了那么多，主要就是想说明汪先生不仅学识渊博，而且爱思考，确有过人之处。

汪先生退休后，住得离我家不远，开始几年我还常常在小区内见到汪先生和他夫人赵老师出来散步。有一次我看见他弓着腰，走路不便，我问他怎么了，他说因为搬一个凳子不小心闪了腰，我说："你这是老毛病又犯了，以前我也记得你在家搬什么东西闪了腰的。"他说："是啊，这是我的老毛病了。"过去三十多年间，汪先生的家中我去过许多次，他每一次搬家后的新家我都去过，每到汪先生家中去时，最重要的内容就是能欣赏到他挂在墙上的新的书画作品，遗憾的是，最近几年我没有再去过他的家，而汪先生却和我们永别了。

汪先生年龄大约比我大十六七岁，不能说是我的长辈，但可以说是可尊敬的师长，过去他对我有如长兄般地关心和扶持，亦师亦友，我写下此文，以表示我对他的怀念之情。

2016年9月于蓝旗营

回忆贝聿铭先生二三事

2016年5月,从朋友处惊闻住在纽约曼哈顿的贝聿铭先生于去年元旦在家中遭到生活管理员的袭击,致使手臂皮肤受伤出血的消息,我惊愕之余,在网上搜索查阅,才知道贝家当时已报警,贝先生当即被送往医院,幸无大碍,经包扎后出院。该管理员系一年轻女护士,她辩解称是要抓住贝先生手臂以防他跌倒而造成误伤,后她被警局带走,不久被交保释放。

贝先生总算身体无大碍,要知道,2015年,贝先生已经虚岁98岁了,贝先生生于1917年4月,按中国习俗,2016年4月就可以按"百岁大寿"来举行祝寿会了。

回忆我的一些老师以及一些著名的建筑大师们,我当然不会忘记贝先生。贝先生是世界闻名的建筑大师,中国建筑师都久闻其名,但很少有机会见到他,我却有幸曾和贝先生有短时间的接触和交谈，时间不长，大约三天的时间内，我们交谈数次，却使我印象深刻，久久不忘。

那年是1994年4月，贝先生已经77岁了，但他身体依然很好，思维敏捷，走路和说话也很利落。那年，我们清华大学建筑学院想聘请贝先生担任名誉教授，我和学院负责外事工作的同志在和贝先生的助手联系后，得知贝先生欣然应聘，这使我们非常高兴，双方商定，名誉教授聘请仪式定于1994年4月2日在清华大学举行，贝先生和她的夫人一行于4月1日抵达北京。

1994年4月2日，我在清华大学主楼前迎接贝先生

忆 故 人

4月1日上午，我和学校外办负责同志到首都机场迎接他们，到机场迎接贝先生及夫人的还有当时担任中国工商业联合会会长的经叔平先生，以及国务院侨办的廖晖主任等人，都是贝先生的老朋友。

在送贝先生一行人到北京饭店贵宾楼后，贝先生要我在他客房内坐一会儿，他说想问问明天典礼后举行的学术演讲会上，学生们都想听些什么内容，我记得我当时马上就回答："卢浮宫的金字塔！"贝先生一听就笑了，他说："大家是想听听我的新作品的设计意图吧？！好吧，我这次演讲的时间不到一个小时，就讲一下卢浮宫扩建设计事吧，但是我要申明的是，那不是金字塔，那是卢浮宫地下博物馆的主要入口，我采用这个三角体的形式只是为了用简单并且体量最小的几何形体来减少对卢浮宫原有建筑的影响……"贝先生的回答一下子就说明了他设计意图的重要方面，我听了后也笑了，我对贝先生说："我们大家都习惯把它叫作'金字塔'了，贝先生您能讲讲这个问题对大家是很有启发的。"

接着我和贝先生商量了一下这两天的安排：4月2日上午在清华举行名誉教授聘请典礼；接着有一个小时的学术演讲（当天下午贝先生及夫人另有重要活动）；晚上清华大学王大中校长宴请贝先生及夫人；4月3日傍晚，贝先生他们就要离开北京回美国了，因此我当时问贝先生还有些时间，是否还想要去哪里看看，我们可以派人陪同，贝先生想了一下说："不必了，北京我已来过好几次了。"我当时也未经考虑，忽然冒出一个想法，我问贝先生想不想再去香山饭店看看，谁知贝先生一听马上摇摇头。我当时心里咯噔一下，我知道我冒失了，但贝先生马上说："香山饭店建成后我已经去看过了，这次不必再去了。"我当时有些感觉，似乎贝先生对香山饭店的现状不太满意，香山饭店最近几年情况确实不很理想，我去那里参加过好几次会议，全是各种单位在那里举办的大型会议，但一般旅客却不多，似乎已从一个旅游宾馆变成了一个会议宾馆。另外，这家饭店正面外墙墙面多处裂缝，客房卫生间漏水，卫生洁具也有坏的，各种管理不到位……然后又想到贝先生的设计事务所，前一年在北京有一个设计团队从事业务工作，他们当然去过香山饭店，估计贝先生对香山饭店的情况也会从他们那里知道一些吧，我当时就觉得我提的这个建议真不怎么样。贝先生却又笑着说："我没有别的意思，你别在意，我这次日程安排比较紧，后天上午我想不必再安排什么活动了。"

接下来，贝先生倒是问我是哪年毕业的，是否去过美国，现在在做什么项目的设计，等等，我都一一回答。当他听说我去年还在美国哈佛大学 GSD 进修时，他高兴地说：

"GSD，我也在那里上过学呢！但已是半个多世纪以前的事了……"这时我看了一下表，从我进房间到现在已经过去二十多分钟了，我想我应该离开了，但我心里憋着一个问题，我就问贝先生："贝先生，您这几年也来过北京好多次了，您觉得北京市这几年新建的公共建筑哪几个比较好？"贝先生没有从正面回答，只说了一句："太快了。"

这句"太快了"，实际上已表明了贝先生的多重意思，我说："贝先生，您的意思我大概明白了，主要是指设计与施工速度太快，质量上有些问题吧？！"贝先生答道："一个项目在进行设计前，必须要经过充分地论证和思考，当年法国密特朗总统请我做卢浮宫扩建项目时，我只提了一个要求，要求给我三个月的思考时间，我再答复。做卢浮宫扩建这样重大的项目，不经过仔细思考和调查研究就仓促拿出设计方案，是不负责任的，密特朗总统痛快地答应了我的要求，他所表现出的诚意也使我很感动的……"

和贝先生的初次见面，说话时间不长，但他那次说的话，后来我回想起来都是很精辟的，留给我很深的印象。

4月2日早晨，我们在清华主楼门廊前迎接贝先生，贝先生下车后和我们一一握手，同时他又向主楼前广场环顾了一下，向我说："这个广场很有气势啊！"在步入主楼大厅时，他问我，主楼广场南面那栋楼是什么楼，我告诉他东南

我和贝先生在北京饭店贵宾楼

面那栋楼是建筑系馆（那时这栋建筑还没有完工，还搭着脚手架），是我设计的，贝先生听说是建筑系馆很高兴，他对我说："能设计建筑系的系馆是一件很幸运的事啊，美国有不少建筑系馆都是有名的大师们设计的。"我赶忙回答："我可没法跟沙里宁、格鲁皮乌斯这些大师们相比啊，可惜这次贝先生看不到完工后的建筑系馆，"我向他说："希望明后年贝先生能再来清华并参观一下我们的建筑学院。"贝先生笑着点头说："有机会一定来。"

贝聿铭名誉教授聘请典礼在主楼后厅举行，由王大中校长主持，建设部部长叶如棠以及很多国内建筑界著名大师都参加了，典礼很隆重。典礼仪式完成后，贝先生做了近一个小时的学术讲座，贝先生演讲的学术报告中，卢浮宫扩建这个项目果然是主要内容之一。

忆故人

1994年4月2日,贝聿铭名誉教授聘请典礼
由左至右为:张开济、吴良镛、王大中、贝聿铭、叶如棠、卢贤丰

1994年4月1日,首都机场贵宾室
由左至右为:胡绍学、经叔平、贝聿铭、贝夫人、王积康

再见,故乡与故人

4月2日晚上，王大中校长在首都宾馆宴请贝先生及夫人，宴会开始后，贝先生向王大中校长及吴良镛教授等敬酒致谢，我们大家也向贝先生及贝夫人敬酒祝贺，并祝他们夫妇俩身体健康。但是，宴会在进行到半程中，发生了一件意外的事。

当时我坐在贝夫人旁边，忽然发觉贝夫人身体一斜，倒了下去，我吓了一大跳，赶紧扶住贝夫人，并问她说："贝夫人，您怎么了？"但是，贝夫人没有回答，她双眼紧闭，嗓子里还发出呼噜呼噜的声音，好像一个睡着的人打鼾的声音。一时间，王校长、贝先生、吴先生等许多人都围过来了，王校长说："赶紧把贝夫人扶到沙发上去。"我们好几个人实际上是抬着贝夫人，把她平放在沙发上，贝夫人脸色通红，并没有醒过来，这下把大家都吓坏了。贝先生俯身叫唤她的名字，她也没有答应，不知是谁说了一句："可能是中风了吧？！"这时，好几个人都不约而同地说："赶紧送医院！"吴良镛先生说赶紧送协和医院吧，我当时急步到一层大厅总服务台叫急救车，吴先生去给协和医院认识的一位副院长打电话……等急救车来时，贝夫人忽然醒来了，两三个人搀扶着贝夫人上了车，王校长、吴先生、外办的同志以及我，我们一起跟车去了协和医院，这时协和医院的副院长及几位大夫已经到了，他们要我们在会客室等着，然后他们叫护士们把贝夫人扶进急诊室，大夫们也都跟进去了。我们一行人在会客室焦急地等着，真是难熬的一段时间哪！贝先生不停地站起来又坐下去，王校长及吴先生一直在劝说和安慰贝先生，直到大夫们开门进来。

那位副院长对大家说："我们开个会诊会议吧。"等大家都坐下后，他说："大家不用太担心，贝夫人没什么大事的，她这是短时间地晕过去了，已经苏醒过来了，现在心跳、血压都基本正常了，意识也清楚，没什么大碍的，可能是太劳累了，又加上喝了点酒引发的。"贝先生问这是否是轻度中风，大夫回答说："我们初步诊断是短时间晕倒，还不能说是中风的，因为她醒过来后一切都正常的。"我告诉大夫，贝先生和贝夫人这一天日程安排得很紧张的，上午到清华参加典礼活动，下午中央首长又接见贝先生和贝夫人，晚上又参加晚宴，大夫们一听就说那可不是嘛，日程安排得这么紧张，一个快八十岁的老人肯定受不了的，这时，那位副院长就向贝先生提出建议，建议贝夫人当晚留在医院休息，以便观察一段时间，我们大家都不约而同赞成大夫的建议，但贝先生说这个决定他需要征求一下贝夫人的意见……

贝先生从急诊室回来后，对大家说："她自己感觉不错，她坚持要回宾馆休息，她说在这里肯定睡不着。"贝先生讲了贝夫人的意思后，大家都不好再劝了，副院长想了一下，也表示同意了，他要求大家再等一会儿，说要再给贝夫人测一下血压，并给贝夫人开点药……在大约十几分钟后，贝夫人出来了，然后我们扶她上了车，她和贝先生一辆车，王校长、吴先生、校外办同志及我分别乘两辆车，我们送贝先生及贝夫人到他们下榻的饭店，贝先生和我们告别时，说了许多感谢的话。我们回到清华后，我一看表，已经是4月3日凌晨快两点了。

当天中午，我按王校长的嘱咐给陪同贝先生的助手打了电话，询问贝夫人好些没有，得到的回答是贝夫人一切正常，这使大家终于放下心了。

大约过了几天后，我又接到贝先生的助手从纽约打来的电话，他说贝先生问这次去协和医院花费了多少诊疗费，以便他将费用汇过来，我一听这话后赶紧要这位助手转告贝先生，协和医院没有收我们一分钱，医院大夫说贝先生是贵客，中央首长还接见他们，贝夫人出了点儿意外，医院帮忙诊断一下，这是应该的，不需要收什么费用。我要那位助手转达我们对贝先生及贝夫人的问候，我当时就为贝先生认真细致、以诚待人的作风所感动。

时间过得很快，算起来贝先生今年虚岁一百岁了，我谨以此文作为对贝先生的回忆，并祝愿他健康长寿。

2016年8月于清华园

回忆丹下健三先生访问清华大学建筑学院

1995年上半年,我在上海参加一个建筑专业会议时,听同济大学的一位朋友说,日本著名建筑大师丹下健三先生刚担任了上海市政府规划顾问,丹下先生在上海期间,曾对同济大学的教授说起过他也很关心清华大学建筑学院的情况,并说他到中国次数不多,很可惜没有机会去清华大学看看。我听说这个情况后,感到很高兴,我回学校后和院内几位同事商量,认为应该尽快与丹下先生取得联系,邀请他来清华建筑学院访问。

自从20世纪80年代以后,清华建筑学院加强了与各国的专业学术交流活动,许多境外建筑大师以及专家学者们都来过我们学院访问,欧洲、北美、亚洲的都有,日本的建筑师也有来过清华的,但日本最享有盛誉的丹下先生却没有来过,因此,我们决定发邀请信给丹下先生。

1995年7月底,我写了一封邀请信给丹下先生,没想到很快他就给我回信了,他信中表示,他也很期望到清华来访问,以加强日中建筑界的交流合作,并为加强中日之间的友谊合作做一些贡献。

接到他的回信后,我院当即派王炳麟教授9月去日本见丹下先生,并和他商量访华的具体时间及安排,我们希望丹下先生能在当年10月中旬(或者明年春天)来北京,因为那是北京气候及季节比较好的时候。王教授回来后说,丹下先生很重视这次访问,他也指定了他们设计公司的取缔役(总经理)龟卦川淑郎负责和清华商谈访华事宜以及开展双方学术交流合作事宜,但是访问的时间最好在1996年春天,因为王教授见丹下先生时,当时丹下先生偶得感冒,身体不适,不便近期远道出行。我们知道这情况后,当然尊重他的决定,因为丹下先生毕竟年事已高,那年他已经八十三岁了。丹下先生的年龄已经这么大了,我们为什么还要请他远道从东京到北京来呢?原因有二:第一是丹下先生几个月前还去过上海,并担任上海市政府顾问,看来丹下先生身体还可以;第二个原因也是最重要的原因,是因为丹下先生的声誉。

从20世纪80年代以后,全世界建筑界几乎没有人不知道丹下健三先生的,丹下健三先生之所以声名远扬,主要原因是他设计了一系列优秀的建筑物,这些作品中将日本固有的民族传统文化和建筑理念有机地融入现代建筑理念之中。20世纪80年代日本建筑进入了世界先进行列,这其中丹下先生厥功甚伟,另一方面,丹下先生还是著名的建筑教育家,他培养出一批有创新精神的中青年建筑师,他们之中很多人后来都成为世界著名的建筑师,这些人也是20世纪末日本建筑设计界的中流砥柱乃至领军人物。

在邀请丹下先生来清华建筑学院访问的同时,我们还想聘请丹下先生担任清华大学名誉教授,因为就在一年前,我们邀请贝聿铭先生来清华建筑学院做学术报告,当时校方也聘请贝先生为名誉教授,因此,我们认为丹下先生来清华访问,学校聘他为名誉教授也是理所应当。我们把这想法汇报给校外办并转校长办公室,很快取得了校长的同意,并嘱咐我院做好迎接丹下先生的准备工作。

事情也凑巧,1996年3月,我参加了"中国教育代表团"(由几所中国大学组成)到日本访问,这期间我向代表团领导清华的杨家庆副校长汇报了我们想请丹下先生访问清华的事,杨副校长也是学校负责对外工作的领导,他说学校聘请丹下为名誉教授是没有问题的,但时间上还需双方协商,我建议杨副校长与我趁我们在日本的时候去拜访丹下先生,杨副校长欣然同意了。

那天,丹下先生的属下通知我说丹下先生很高兴能在东京和我们见面,并说定了时间让我们到"东京赤坂王子饭店"见面。这赤坂王子饭店就是丹下先生设计的,这座饭店建筑在建筑界也是很有名的,我和杨副校长到达赤坂王子饭店,见到了丹下先生和他的夫人。杨副校长代表清华大学向丹下先生表达清华大学对他本人的邀请,并说明校方想聘请丹下先生为名誉教授,丹下先生听了很高兴,他说:"……我和贵校建筑学院的胡院长早已商量好了在今年内访问清华大学,现在贵校表示要聘我为名誉教授,我深感荣幸,我一定会去清华大学访问的……"丹下先生还说他七十年代末期曾到中国北京访问,可惜没有去有名的清华大学参观,这次能有机会访问清华,一定要参观清华大学的校园,我和杨副校长当即都说我们一定好好安排。我们还问候了丹下先生的身体情况好些了没有,他夫人告诉我们,前些时候,丹下先生好几次感冒,现在好了,我们随即表示希望丹下先生保重身体……在将近半小时的畅谈后,丹下先生说:"今天你们两位难得到东京来,我已经安排了请二位在这个饭店吃午饭,希望二位能赏光。"在丹下先生的盛意邀请下,我们答应了。午饭是在这家饭店的法式烧烤餐厅吃的,丹下先生和夫人都很热情,但我发现丹下先生自己吃得很少,我心想丹下先生毕竟八十多岁了,烧烤这种食物对老年人其实是不合适的,但丹下先生并没有考虑自己的情况,而是要让我们品尝这家饭店最有名的饮食，我当时心中很过意不去。

　　用餐期间，我对丹下先生说，这家饭店大堂室内空间很好，室内庭院还借鉴了日本庭院枯山水的手法，我非常喜欢，丹下先生听了我这样说后，他谦虚地说："让二位见笑了，这实际上算不上是日本的传统庭院，只是摆了几块石头，不合规矩的。这座饭店是在八十年代初期建的，当时东京经济处于高涨期，拼命地盖高楼，追求速度，在建筑质量上其实存在一些问题，譬如这家饭店的客房偏小，客房卫生间设备也有问题，因为投资商要赶工期，所以很多地方我们也没能进一步修改完善，我心中也觉得很遗憾的。"丹下先生作为世界著名的建筑大师，还这样谦虚，并且实事求是，使我很钦佩。

1996年3月，东京赤坂王子饭店（左为作者，右为丹下健三先生）

再见，故乡与故人

但是聘请丹下健三先生名誉教授仪式并没有在 1996 年内举行，因为丹下先生是在 1997 年 5 月初访问清华的，我想这恐怕有一些客观原因（丹下先生自己的日程安排因素及我方需要时间办一些手续因素等）。

在和丹下先生取得联系整整两年后，丹下先生终于到清华来访问了，那年他已经八十四岁高龄了。

1997 年 5 月 4 日，丹下先生和夫人一行到达北京，5 月 5 日午后不到两点钟，他和夫人及龟卦川先生到达清华建筑学院，稍事休息后，他提出要看看学生的设计教室，我们陪他去了四年级的专用教室，正好那班学生的课程设计是旅馆设计，他走到一个学生做的旅馆建筑模型前，弯下身，并摘下

1997 年 5 月 4 日，丹下先生在清华建筑学院设计教室，他摘下眼镜仔细观看学生们的作品模型

忆 故 人

眼镜看得很仔细，围绕着他的学生们都等着他点评点评，但他看了一会儿后，抬起身向学生们笑了笑，并点了点头，却没有说什么，据我看来，丹下先生是不想说什么，看起来他秉持着很谨慎礼貌的态度，以他大概不想影响学生们的情绪，我当时想要是在日本（或者在他的工作室中），他早就严厉斥责年轻人了（因为丹下先生对年轻人要求是很严的）。

下午两点半，王大中校长在主楼接待厅会见了丹下建三先生，然后一起来到主楼后厅，此时后厅中已坐满了学生。典礼开始后，我方介绍丹下先生生平，王校长向丹下先生颁发名誉教授证书、学生代表向丹下先生献花、王校长致辞、互赠礼品、建设部领导及学生代表致辞等程序完了后，丹下先生开始了学术讲演。

丹下先生演讲的详细内容，我现在也记不太清楚了，但仔细回忆起来，有两点印象还是记得的。第一是他谈到了建筑师的社会责任和担当，他说建筑师不仅仅要会设计一栋建筑，还要多研究和考虑城市规划和环境问题，建筑师应当为社会文化的发展以及人民生活环境的改善做出贡献并担当起应有的责任。第二个较深的印象是，丹下先生谈到了日本现代建筑和传统建筑融合的问题（这也是许多人最感兴趣的问题，都希望他谈一些经验和看法），我现在还大致记得丹下先生对这个问题是这么说的："……要使现代建筑在日本生根，就不能仅仅是把这一些日本传统木结构建筑的构建形式用在现代建筑造型上就成了的，我们应当更仔细地研究如何吸引日本传统文化中内在的精神和内涵……"我现在回想起来，丹下先生在实践中是言行一致的，他就是一直在努力这么做的，他吸取了日本民族传统文化中"禅文化"的一些内容和形式，譬如在六十年代东京奥运会主场馆形体设计中体现了日本的"奥"形式内涵，又譬如他在草月会馆室内外设计中吸取了"桂离宫"和"龙安寺"的日本"枯山水"庭院设计手法等等。

学术讲演结束后，丹下先生参观了清华校园，当晚六点半，王校长在颐和园听鹂馆设宴招待丹下先生及夫人，我看得出来，丹下先生那天特别高兴，那天他的日程排得特别紧张，可以说从早到晚都排满了，而且没有中午的休息时间，可以想象，丹下先生在面对每项安排（包括会见、参观学生作业、演讲、仪式中的各个程序、参观校园、晚宴等等）时都是要聚精会神地对待的，这肯定是要耗费体力和精神的，这对于一位八十四岁高龄的老人来讲，实在是太不容易了。（这使我想起1994年贝聿铭先生访问清华的事，那天贝先生的日程和丹下先生一样，也是从早到晚排满的，晚上也是王校长设晚宴招待，不料贝先生的夫人在晚宴中突然晕倒被送协和医院急救的事。）

忆 故 人

前排（由左至右）：
胡宝哲、孙凤岐、胡绍学、丹下健三先生、吴良镛、李道增

后排（由左至右）：
卢贤丰、龟卦川淑郎、王炳麟、赵炳时、关肇邺、秦佑国、日方随行人员

丹下先生一天忙下来，依然精神很好，特别是晚上在听鹂馆用餐时，他还相当兴奋，他说他也有一本颐和园的图册，也知道颐和园东门旁的德和园大戏台，但不知道这昆明湖西北部还有一个"听鹂馆"，也是听戏的地方，现在在这里宴请宾客，真是很有意思呢。

在经过整整两年的联系和准备之后，丹下先生终于来清华访问了，我们也非常高兴，同学们和老师们都能有机会目睹这位世界闻名的建筑大师的风采，并聆听了他的演讲。

丹下先生以92岁的高龄在2005年3月去世，但他留给日本乃至全世界建筑界的学术和智慧财富是永远有宝贵价值的。

2016年9月于清华园

再见，故乡与故人

一个有趣的法国朋友

——和安德鲁先生合作设计国家大剧院

我从未与一名外国建筑师有如此深度的交往和合作，但有一个人却例外。他，就是法国巴黎机场设计公司（ADP）的保罗·安德鲁（Paul Andreu）。我把安德鲁当作我这些年来所结识的最好的外国朋友，而且，也是最有趣的朋友。

1999年3月下旬，我们在巴黎的考察与合作工作告一段落，回国前一天晚上，安德鲁请我们设计团队在巴黎市中心最好的一家餐厅吃饭。席间，安德鲁喝了不少白葡萄酒，他举起杯子，口齿有些不清地反复对我说："Mr. Hu，你是我最好的朋友……干杯！干……"我当时感觉，他说的并不是客套应酬的话。

我和安德鲁结识，要从1998年的北京国家大剧院国际设计竞赛说起，更确切地说，要从这场我国历史上第一次国际设计竞赛进行了半年之后，进入竞赛中期阶段说起，从

1998年12月19日我和安德鲁第一次交谈（也可以说是争吵）开始，直到2001年冬天，国家大剧院初步设计经专家委员会审查通过为止，差不多三年时间，我们清华大学国家大剧院设计团队和法国ADP国家大剧院设计团队一直在紧密合作，这个过程中，误会、猜忌、释疑、友好乃至欢乐交织在一起，直到最后大家都成为朋友。这期间，发生了许多值得说说的有趣的事。

国家大剧院在五十多年前，作为新中国成立十周年十大国庆工程之一，已经举行过一次国内设计竞赛，并进行过好

1999年3月，于巴黎机场设计公司办公室内
后排由左至右：吴耀东、朱文一、安德鲁、胡绍学、斯达林、李道增、王翻译、法方设计人员
前排由左至右：卢向东、德明熙、庄惟敏

再见，故乡与故人

几轮，最后清华大学建筑系的方案中标，后经周总理批准交由清华大学设计，当时清华大学组成了近三百人的工程设计组，包括建筑、结构、机电、舞台机械以及声学等各专业设计人员，一直做完了施工图，都准备开工了，但因客观原因（国家当时经济困难），国家大剧院工程暂停，一停就是三十多年，直到20世纪90年代初，又开始了好几轮方案设计竞赛。到了1998年初，评出了前三名设计方案入围，清华大学的方案也在入围之列，但最后按照有关领导的指示，还要进行国际设计竞赛，以征求更好的设计方案。

四十多年来，国家大剧院所有的设计竞赛，粗略统计起来即使不到二十轮恐怕也有十几轮吧，我在学生时代就参加了国家大剧院的方案竞赛，以后几十年中，每次有关它的竞赛我都参加了，我本人可以说是搞了大半辈子的国家大剧院的设计和研究，实事求是地说，我本人确实有国家大剧院的情结，所以这次1998年夏天开始举行国际设计竞赛，我们也是下定决心，要努力争取。

1998年夏天的国家大剧院国际竞赛，参加单位数量空前，共征集到七十多个设计方案，经评审后，留下国内外九家设计单位，再进行第二轮竞赛，又经二次评审后，国家大剧院业主委员会和筹建领导小组又选出了六家设计单位（三家国内的，三家国外的），并通知他们再做一轮设计，但在通知中明确提出，要这六家设计单位自行组合成三个中外设计联合体，每个设计联合体只能上交一个方案，一共只能有三个设计方案作为提名方案上报领导，并从中决定最终实施方案。看起来，这一轮竞赛有点儿像球赛中的决赛了。

我们清华大学大剧院设计组也被选入这六家设计单位之内，但作为清华设计组的负责人，我当时有点儿犹豫不决，因为我们自己的方案一直有我们自己的思路，而被选入的英国 Terry Farrell 设计公司、南美 Carlos 设计公司以及法国巴黎机场设计公司，这三家的设计方案，我们都觉得和我们的设计理念完全不一样，这怎么合作？正犹豫间，第二天就得知，北京建筑设计院已经约定了英国公司，建设部设计院也已经约定了南美公司，这下只剩下我们和法国 ADP 了，这怎么办？不合作也不行了，否则等于自行退出竞赛，无奈之下，我们联系了法国 ADP，并约定在清华大学见面，商谈合作事宜。

1998 年 12 月 19 日，我们和法国 ADP 公司的人员见面了，这也是我第一次见到保罗·安德鲁。他的名字我以前从来没听说过，只知道他们公司是专门设计机场建筑的，他们这次怎么会有兴趣参加大剧院的设计竞赛？我们开始时也有些纳闷。

再见，故乡与故人

初次见面

那次见面，法方首先介绍了保罗·安德鲁，并介绍说他是 ADP 的总建筑师，我也介绍了我方参加会谈的设计人员。安德鲁个子很高，一头深色卷发，鼻子有些鹰钩，说话时，一双眼睛直盯着对方。在会谈中，他说："这次业主委员会决定要一家中国设计院和一家外国设计公司合作，我们也只能遵守这个规定，但是，我们的意思是这次合作应以法国设计团队为主导、中方设计团队配合，共做一个方案上交……"听了安德鲁的发言，我们当然不高兴了，于是我发言了，我说："安德鲁先生，您大概还不太了解我们清华大学建筑设计院和建筑学院的情况，我们做国家大剧院的设计已经四十多年了，我们对中国的国家大剧院的功能需求非常了解，并进行过长期的研究，这次国家大剧院项目的可行性研究报告还是前几年文化部委托我们进行的，要我们清华大学设计团队当配角是非常不合适的，我们的意思是，这次合作设计，应当以清华设计团队为主导设计……"就这样，双方针锋相对，我当时能感觉到安德鲁脸上的表情，他显然也很不高兴。

快谈不下去了，怎么办？干脆不谈了吧？也不行。业主委员会通知过我们，明天傍晚前务必给他们答复，否则只能按弃权处理了，于是，我建议暂时休会，大家先喝杯咖啡吧。

休会期间，我方人员赶紧商量怎么办，一时也想不出什么好办法，看样子这位安德鲁先生是个十分固执的人。俗话说，急中生智，我忽然想到了一个应对当时局面的办法。

接着会谈时，我提出建议，我说："我们两家可以合作并向业主委员会呈交两个方案，一个方案以法方为主、中方配合，另一个方案以中方为主、法方配合，当然，这两个方案进行时双方都要互相讨论研究。"我接着说："这两个方案无论哪一个方案中选，中法双方都有共享权，只是署名可以有先后。"我这番话讲完后，安德鲁他们交头接耳谈了一会儿，然后安德鲁说："这倒是一个办法，可是业主委员会同意吗？不是说好一个中外联合体只能递交一个方案吗？"我当时回答说："这个问题我来想办法说服业主委员会，安德鲁先生，如果业主委员会同意我们这个办法，您还有意见吗？"安德鲁马上回答："我没有意见，我同意。但你们什么时候通知我们？"我回答说："明天下午5点之前。"

会后，我立刻打电话给业主委员会秘书长，我说我们和法方已经谈好合作协议了，他说："那好啊，你们送一张书面协议书复印件过来。"我接着说："秘书长，我们商量的结果是我们两家共出两个方案上交。"他一听急了,说:"这怎么行?其他两家中外联合体都只允许送一个方案,你们怎么能送两个?!"这时,我对秘书长说:"秘书长,这次你们决定请我们两家设计单位参加这最后一轮的方案征集工作,等于是认可我们两家都具有参加设计的权利了,也就是都入围了,我打个比方,这好比是我们清华和法国ADP手中都持有一张观看球赛决赛的球票,我们现在把这两张球票用订书机钉在一起,进两个人,这不也是可以的吗?""这……那其他两家联合体会有意见的,我没法向他们解释啊?!"秘书长一时间对我的建议和解释不知道怎样回答,好像被我这个理由搞糊涂了,我于是接着说:"那是因为另外这几家设计单位没有想到这个办法,再说,清华搞了几十年的国家大剧院设计,法方ADP公司这次参加竞赛前两轮的设计方案也都得到了评委会的好评,你忍心让这两家很有实力的设计单位弃权吗?"秘书长又问:"这是你们两家一致做出的决定吗?"我回答说:"是的。"他犹豫了片刻,就对我说:"那,就先按你们的意思办吧,但你们不要对外宣扬。"我回答说:"那是一定的。"

当天下午,我就打电话给法方设计组的中文翻译,告知我们商量的办法业主委员会同意了,第二天,我们就和法方签订了协议书。

失踪事件

在我们和 ADP 签订完合作协议后，我们双方都立即开始了紧张的方案设计工作，法方设计团队成立了北京现场设计组，他们住在华侨饭店，我们双方在华侨饭店讨论过几次方案。

这阶段最使人困惑的问题便是业主委员会提出的对国家大剧院外形风格的几点"要求"，业主委员会负责人多次强调北京国家大剧院要做到三个"一看就知道"，具体意思就是说国家大剧院的外形设计要"一看就知道是北京的""一看就知道是中国的""一看就知道是大剧院"。这三个"一看"可不简单，实际上等于是规定了国家大剧院外形必须是中国传统建筑形式，而且是中国北京的皇家建筑形式，而不是中国江南民间传统建筑风格，至于像不像大剧院，反倒不是那么重要了，反正那时候北京也还没有这么大规模的大剧院，如果说参考已建成的首都剧场的样子也未免太小气了吧。这三个"一看就知道"实际上已成为所有参加设计竞赛的建筑师头上的"紧箍咒"，真是怎么做都觉得不好做，业主委员会和评委们对前几轮那么多方案都没能挑中一个，加起来都超过 100 个方案了，现在又只给有限的时间（两个月）要做出一个新的方案来，何其艰难啊！

这阶段，安德鲁已表现出有些烦躁不安、灰心丧气的情绪，他好几次嘟囔说没法做了，他还提出大剧院离天安门那么近，怎么做都很难与天安门协调的，他建议不必遵守规定的规划红线，还提出要把大剧院向南再后退一百米，这样能使人在天安门上看不到大剧院，彼此不受影响，我一听他的建议就说："这是对所有参赛者给定的规划设计条件，这怎么能自己随便改动呢？！"安德鲁听了我这样的回答，就赌气说："那我就不做了。"

没想到安德鲁说到做到。一天之后，安德鲁的主要助手德明熙先生告诉我们，说安德鲁不见了，他很可能自己一个人回巴黎了，还说他们当即就打电话到巴黎ADP公司以及安德鲁家中询问，得知安德鲁既没有回家也没有回公司，他到底上哪儿去了呢？一个大活人忽然失踪了，这个消息令所有人都很着急，于是德明熙他们决定马上赶回巴黎。

我们得知这一消息后也很着急，因为我们双方是在合作设计啊，对方主设计师突然不见了，工作怎么往下进行？！想了一会儿，我动手写了一封给安德鲁的信，发传真给巴黎ADP公司办公室，我希望他回ADP后能看到这封信。在这封信中，我引用了毛主席给柳亚子的诗中的两句话："牢骚太盛防肠断，风物长宜放眼量。"我的意思是想劝说安德鲁不要发牢骚，静下心来，这事本来就不容易办好，慢慢来

忆故人

嘛。我也不知道安德鲁能否收到这封信，也不知道他能否看得懂这两句中文诗的意思，但当时我也想到，他有中文翻译，可以翻译给他听的。就这样，好几天过去了，对方没有任何回应，也不知道他们找到安德鲁没有，我们这边也急得不知道如何是好。

突然，在安德鲁"失踪"六天之后，我们收到 ADP 公司发来的图文传真，这是一份大剧院的方案图，外形竟是一个倒扣在地上的椭圆形的"蛋"，也就是说，这个方案抛弃了以前他们设计的所有方案的设计思路，用一个极其简单的大圆壳把三个剧场都扣在底下了。

我一看之下，有些震撼，我第一个印象是，这个方案与所有以前见到过的其他的设计方案都不同，会引起震动的。

安德鲁的中文翻译在电话中的一段话，更使我感到惊奇，他说前段时间有一天安德鲁终于回到办公室来了，人虽找到了，但他的样子变化得使大家吓了一跳，原来安德鲁一赌气，不打招呼就一个人从北京飞回巴黎了。他既不回家也不回办公室，这一个星期他一个人开着车满法国乱跑，开到哪里就睡到哪里、吃到哪里，过了六天这样的"流浪生涯"后，他回到办公室，他说他想出新的方案了，于是他拿出了他在流浪路上构思出的这个椭圆形方案。

但是，他的模样变了，他头发又乱又蓬松，满脸胡子拉碴，人也变黑了，很落魄的样子，所以吓了大家一跳。

这就是安德鲁，一个任性的安德鲁，一个让人不可捉摸的安德鲁，一个艺术家气质的安德鲁，几十年来，我还真没碰到过这样的建筑师，他像是电影里的十九世纪前卫艺术家那样的法国人。

割断历史与谱写新的历史

安德鲁他们有了新的设计方案，于是我们双方商定，我们尽快去巴黎共同讨论双方方案的深化工作，我们也可借此机会，在巴黎考察一下巴黎歌剧院、巴士底大剧院等建筑，考察时间定为十天。

我们去巴黎考察的事，我国驻法大使馆已经知道了，原来文化部已通知大使馆，说清华大学团队和法国设计团队合作设计北京国家大剧院，要到巴黎考察。我们到达巴黎后，大使馆通过我们在法国的联系人通知我们，说我国驻法大使吴建民先生要见我们，还说吴大使很重视这件事，还说当时法国领导人也很重视这次中法合作项目（因为当时正处在中法两国关系比较好的时候），还透露说法国领导人还给中国领导人写了信等等。

那天，我们一行人（包括安德鲁）到达中国驻法国大使馆，吴大使在门口满脸笑容地迎接我们，一一握手并落座后，吴大使说了一番欢迎的话，并说："……中国和法国都是历史悠久、有着优秀文化传统的国家，中国人（贝聿铭）给巴黎卢浮宫设计了新的博物馆，我希望安德鲁先生也能给北京设计出一座优美的国家大剧院……"吴大使接着又说："……我希望安德鲁先生和清华大学的教授们一起合作，探讨并创造出继承中国优秀历史和文化传统的优美建筑来……"吴大使的话还没说完，安德鲁忽然站起来打断吴大使的话，他说："不！我就是要割断历史，不割断就不能创新！"一时间，全场都默然了，空气好像都变得紧张起来，大家都不知道说什么好。

这时候，只见吴建民大使笑眯眯地对安德鲁说："……不是割断历史，而应该是你们谱写新的历史……"这下，安德鲁倒哑火了。但显然，他没法反驳吴大使的这句话，他默认了。我真佩服吴大使的机敏以及口才，可不是嘛，一位个性强、脾气暴、容易激动的法国艺术家，论口才、论机敏、论外交辞令，他哪能比得上我们成熟的外交家啊。

安德鲁走出大使馆后，依然很兴奋，也很高兴，他从吴大使的话中体会到了吴大使对他的理解、尊重以及鼓励。

我要送给北京一个月亮

在巴黎期间，我们双方共同讨论了各自准备的大剧院方案，互相提意见及建议，最后商定由双方各自完成全套方案设计图纸及模型，提交给业主委员会，这已是第四轮方案了。

这一次，我们清华的方案也做了很大的变动，我们放弃了前几轮方案的布局（三个观众厅分别布置在东西两侧，建筑中央部分南北贯通的布局），采用了大剧院三个主要的观众厅（歌剧院、戏剧场、音乐厅）并列布置的布局，建筑的整体平面形状为半圆形，我们戏称这个方案为"半个月亮"，在大剧场北面，我们也布置了半圆形水池，和大剧院平面合起来是一个完整的圆形。

法方对我们的方案基本上没有提出什么意见，安德鲁说清华的这个方案平面布局和他们最后的方案差不多了，说明双方设计理念已经接近了，他也很赞成大剧院前面有大水池，说这样能产生倒影，夜晚时会很美丽。但是他说大剧院距离长安街太近，他还是坚持要改变规划设计条件，他们还是决定把大剧院整个建筑往南再推移一百米。

我们大家都知道这是一个十分冒险的想法，这种想法势必会改动人民大会堂西面的整个规划布局，还势必要进行大片旧城区的拆迁工作，这能获得北京市当局的认可吗？但安

1999 年 3 月，巴黎 ADP 总部，安德鲁用手势比画着说"我要送给北京一个月亮"

1999 年 3 月，巴黎 ADP 总部，双方讨论方案

再 见 ， 故 乡 与 故 人

德鲁决心已定，我们也就不说什么了，那就这样吧，有一个大胆改动规划条件的方案也好，看看北京市规划部门的反应吧。

安德鲁向我们介绍他的椭圆形方案，他连连用手势比喻说他这个方案是"一个水中的月亮"，"不是鸭蛋。"他说他要送给北京一个月亮，他这个说法和理念的确很有感染力，但我们总觉得建筑的外形还是有点儿不太像一个月亮，我当时就说："……你这个在水面上的半球体是半个椭圆体，加上水中的倒影，也还是一个椭圆体，总还是有点儿勉强……"安德鲁说："……人们会有想象力的……"他这话说得也有道理，我们又对他们这个方案提出了一些使用功能方面存在的问题（比如布景运输的问题以及消防疏散的问题等），希望他们进一步改进。这次讨论会双方都有收获，我认为这次讨论已经为双方拉近了设计理念上的距离。

安德鲁再一次语出惊人

最后这一轮审查方案已经没有评委会了，而是改由一个"专家委员会"的机构在听取各方案汇报后，向设计方提出各种问题，设计方应马上做出回答，然后业主委员会最后根据专家委员会的意见，向上级领导（国家大剧院筹建领导小组）提交一份报告。

这次方案汇报会规模很大，文化部小礼堂内座席上可能有好几十人，会议由贾庆林同志主持，各个方案汇报人在台上都有些紧张，我在台上汇报清华的方案时，感觉自己嗓子发干，声音有些发哑（也可能有前两天感冒的缘故）。

轮到安德鲁介绍ADP的方案时，他介绍完整个方案后，许多专家都抢着发言，其热烈程度和其他几个方案介绍完后的情况完全不同，当时我感觉，之前专家们好像憋了一口气，现在火力全开了，看来这个"大鸭蛋"确实引起了震动，我原先的估计没有错。

专家们的发言大都集中在两点上：一是这样的方案怎么能和天安门广场建筑群协调？另一点是几乎所有的专家们都认为这个方案没有考虑建筑节能的问题，有的专家直接问安德鲁："你这个方案形成这么高大的室内空间，你考虑过这会造成多大的能源浪费吗？夏天时，空调要耗费多少电你清楚吗？"

我当时感觉小礼堂内的空气仿佛又紧张了。

但安德鲁的有些回答，却更使人吃惊。

他在回答国家大剧院与天安门广场的关系时说："我们的方案现在已从长安街马路边线后退160米，现在从天安门城楼上看不到大剧院，大剧院的建筑形式和天安门广场周边建筑群的协调问题，可以说不存在……你们提的问题是多余的。"

安德鲁又说："有的专家提出我们这个方案室内有这么高大的室内空间，夏天开空调的时候浪费能源，我要说的是，不用考虑上部空间的温度有多高，因为大厅上面的空间那是苍蝇待的地方……"安德鲁的回答，针锋相对，也可以说有些盛气凌人，我估计不少专家接受不了。

但是并没有人起来对安德鲁的答辩加以反驳。

我立刻明白了，在场的专家们毕竟都是学识丰富并有涵养的专业人士，安德鲁的话虽有些粗鲁，但专家们已经理解了他想表达的意思。安德鲁的话是有些道理的，在高大的大厅空间中，可以只在人们的活动范围内采用空调，上部空间比较热也没有关系，只要想办法把热量排出去就行，这是现代建筑节能的新趋势，也是比较合理的措施。

这次会并不需要投票评选，因为这是一次专家审查会，会后，由业主委员会决定下一步的工作步骤。

这次会后，我们等了很长一段时间，大约有三四个月之久吧，也没有听到业主委员会方面有什么消息。

九华山庄会议

1999年秋天，我忽然接到通知，要我去参加在北京西北郊九华山庄举行的一次有关国家大剧院方案的论证会。

我到了那里才知道，这并不是一次一般的方案论证会，而是一次由政府机构举办的具有行政效力的方案论证会。主持会议的是中央发改委所属的中国国际工程咨询公司的董事长，论证的内容就是针对北京国家大剧院的一个设计方案的是否可行，具体地说，就是请许多专家来论证法国ADP和清华大学合作的这个所谓"大鸭蛋"方案的可行性。

这下我明白了，安德鲁和我们合作的这个"大鸭蛋"方案已经被确定为中选方案了。

根据我国的工程建设程序，凡是由政府投资建设的项目，都必须经过这一个重要的程序——可行性研究报告（或项目建议书）的审批，只要这个程序通过，那就意味着该项目立项了，这样就可以得到政府财政的拨款，所以重大项目的审核，都要经过中咨公司组织专家论证，根据专家意见由中咨公司写成评审报告上交获批后，项目就算立项了。国家大剧院的设计方案工作进行到这一步，就意味着大剧院的实施方案已选定。

普通的方案论证会一般参加会议的专家人数不会太多，

但这次会议竟然邀请了三十多位专家,除了建筑行业的专家外,还请了我国音乐界、戏剧界、舞蹈界、美术界等各方面的著名专家,专家们来自全国各地,著名艺术家和院士、设计大师数量也很多。

会议开得很长,整整五天时间,这是少有的情况。

我到会后,就明白这个会议的重要性了,同时,我也明白了这个会议之所以要开这么长时间、之所以要请这么多专家、之所以这么高规格,原因只有两个:一是国家大剧院这个项目的重要性,二是最近以来社会上对国家大剧院项目的高度关注。一段时间以来,我们已听到对"大鸭蛋"方案的许许多多不同的反应,也知道有不少知名学者联名上书反对这个方案,我们学校建筑学院的教师对这个方案也是两派意见,赞成的和反对的都有。

这次会议上,每位与会专家都被要求发言,发言中有赞成这个方案的,也有反对这个方案的(或者对该方案有疑虑的),这个发言程序进行了整整三天时间,这是因为参加会议的人实在太多了。我参加这个会时,已抱定主意不发表意见,我心里清楚,我出来表态不大合适,因为我实际上是方案设计的当事人,虽然这个方案的主创人是安德鲁,但我是这个方案的中外合作设计团队的中方首席建筑师。另外,这次会上有几位清华的著名教授(他们都是我的老师），还有好几位清华的老校友，他们的态度大都是不赞成这个方案的。而前几天，我的一个学生告诉我，在网上已有一篇文章中说："……清华大学建筑学院中对国家大剧院这个'大鸭蛋'的看法分成两派，主流派是反对这个方案的，而以胡绍学为首的设计团队是这个方案的拥护者……"这个消息使我心理上压力很大，我被人看成是学院内的"非主流派"带头人了。

等到第三天下午，所有与会专家都发言完毕，我私下统计了一下，与会的建筑业方面的专家共十九位，正好一半发言赞成该方案，另一半发言不赞成该方案（只剩下我没有发言）。另外参加这次会议的艺术家们（包括音乐家、舞蹈家、著名演员、美术家等）几乎全部赞同这个方案。

总算熬到可以休会了，好几十个人都讲完了，会议主持人未必还能想到我还没发言。

谁知道会议主持人没有放过我，他说："胡教授，你还没讲呢！"我没办法了，我心里想，会议主持人可能早有打算，只是他有耐心，等到所有的人都讲完后再点我的名。

没办法了，我不知道该讲什么好，我是这个方案的参与者，我的态度还用问吗？在这么多专家权威论证发言后，我再出来表态说我赞同这个方案岂不多此一举？（我当时还想要是安德鲁来参加这个会一定很有意思，他一定会充满激情地申述他的观点的,但这种会是不会请外国设计师来参加的。)

  我只能谈谈我参加这个会的感想了,这可能是个好办法。于是我说:"……在座的有好几位是我的老师,而且是教过我建筑设计和规划设计的,我记得我读过一本书,书中讲到亚里士多德的一句话'吾爱吾师,吾尤爱真理',当然一个人的建筑观点谈不上是什么真理,我只是打个比方,我的意思是说当学生的可以在学术上和老师有不同的观点。"我又说:"我是这个方案的当事人之一,我真的不大好发表意见,但我想说的是,国家大剧院的使用功能问题应该是第一位的,国家投资了这么多钱,就是因为我国迄今为止还没有一座具有世界一流的、先进演出功能的大剧院,因此我认为,目前这个方案的确还有不少功能和技术上的缺陷需要改进,至于建筑外表形式,我个人认为这个方案不能算最有创新性,但还算过得去的。"我又说了一些"对一个建筑物的外形不必太过于关注,随着时间的推移,大众们也慢慢地都会接受的……"这类意思的话。

  会后,我的一位老师在会场外叫住了我,他笑着对我说:"胡绍学,你今天的发言很好……"我对他说:"我只是实话实说,表明我的真实想法……"我感觉到,我和我的老师已取得相互的沟通和谅解。

这次会开完后不久，大剧院业主委员会秘书长约我们见面，告诉我们这个方案已获中央领导批准，并说在这之前还广泛地征求过许多群众的意见，并进行过民意投票，他们对待这件事是很慎重的，现在国家大剧院已进入建设程序，这个方案需要深化，应尽快进行初步设计，他还说要我们尽快和法方联系下一步合作事宜。

我们和法国方面联系时，对方告诉我们，他们已经知道这个方案被选定为实施方案了，法方中文翻译告诉我们，安德鲁非常高兴，并一再要他（翻译人）代表他本人向我们表示感谢，还说这段时间大家辛苦了。

我心想，之前安德鲁和我们一起都已经折腾了一年多时间了，开始时大家都没能搞出什么成果，没想到他在"流浪路上"忽然冒出的这个构思，却最后被选为实施方案，真是造化弄人啊，他对我们说辛苦了，他哪知道这段时间我的压力有多大啊。

接下来的事情就没有什么戏剧性了，照章办事，我们和ADP又签订了一个初步设计合作协议，我院派了四位建筑师和ADP设计团队一起，深化方案和进行初步设计。2001年夏天，大剧院的初步设计也获得了专家会审查通过，我也参加了这次审查会，初步设计通过后，安德鲁又给我发了一封函，祝贺双方合作成功，并再次向清华及我本人表示感谢。

海上生明月

2006年国家大剧院落成揭幕,首演式那天,我正好在青岛出差,没能有机会体验盛况,深感可惜。

但我回来后,在报纸上看到一张大剧院的夜景照片,大剧院整体的轮廓被灯光投射,显得雪白闪亮,映在池水中的倒影正好和水面上的实体组成一个完整的椭圆形,在深紫罗兰色的夜空中,洁白晶莹……我不禁想起安德鲁在巴黎时说过的那句话:"我要送给北京一个月亮。"我当时还揶揄他说这只是一个椭圆形,不是圆的,但现在我看到它的夜景照片时,我顿时想起了张九龄的著名诗句:"海上生明月,天涯共此时……"安德鲁曾经说过"是不是月亮要靠人的想象",他说对了,这样的大剧院的夜景肯定会激发人的想象力的。

海上生明月——国家大剧院

1958年我22岁，在大学毕业前一年开始参加北京国家大剧院的设计工作，直到2001年夏天为止，共参加过国家大剧院的设计竞赛大约有十几轮吧，可以说我的建筑生涯中，大部分时间都和这座大剧院有干系，国家大剧院确实是我的一个挥之不去的难忘的情结。

现在，北京国家大剧院终于建成了，我的大剧院情结也解开了，终结了。现在我已老了，安德鲁也老了，他也退休不做设计了。我写下这篇文章，一方面是借此回忆那段难忘的岁月，同时也是对我结识的这位有趣的法国朋友的忆念。

2016年7月于清华园

参加"香港回归中国纪念碑"国际设计竞赛评选活动的回忆

20世纪90年代以来,我参加过许多国内设计竞赛的评选,但在1996年11月我参加的"香港回归中国纪念碑"国际设计竞赛,却是我第一次作为评选委员参加的国际设计竞赛,在那次评选活动中,我认识了一些朋友,同时,主办此次竞赛活动的香港建筑师学会的同仁们以及绝大多数竞赛参加者们的爱国情怀使我感受颇深。

这场设计竞赛是由香港建筑师学会发起并组织的,香港建筑师学会是一个非政府性学术团体,此次设计竞赛面向全世界,欧美等西方国家建筑师参加者很少,但亚洲国家建筑界参加者很多,其中,香港大学和香港中文大学的建筑系学生以及中国内地建筑系的学生参加者在总人数中占大多数。

这场国际设计竞赛的参赛报名文件在1996年2月底向

国际建筑界（包括建筑院校）公开发布。而我是在那年 2 月初收到这份文件样件以及组委会邀请函的，邀请函中询问我能否作为评委参加此次活动，并希望我能尽快回复，以便他们能及时公布竞赛文件，我记得我看到文件中关于举办此项竞赛活动的宗旨和目标大体上是这样的内容："……为了纪念香港于 1997 年 7 月 1 日回归中国这一划时代的事件，拟征集纪念碑概念设计方案，建造地点由设计者自定，……纪念碑（物）应体现出史无前例的'一国两制'的意义和精神，并应能唤起国际上对香港 1997 年回归的认识……"

这份文件写得很好，我觉得香港建筑师学会的同仁们，在香港回归中国一年半之前向全世界建筑界发布这样的文件，充分说明了他们对香港回归祖国的期盼和拥护以及他们对"一国两制"意义的准确认识，那时候港英当局特别是那位英国的末代香港总督彭定康先生正在不断地做一些节外生枝的小动作来干扰和拖延香港回归中国的进程，在那种形势下，香港建筑师学会的同仁们发布这样的文告，确实令人尊敬。

文告中说这纪念碑的地点由设计人自选，这句话是很有意思的，要知道在香港这么一块小地方，盖任何重要的公共建筑（包括纪念性建筑），其建造地点是必须要经过当时的港英当局属下的市政规划管理部门核准的，这次建筑师学会决定要建造一个纪念碑,而且是纪念1997年香港回归中国,对这样的事当时的港英当局当然是不可能有协商态度和批准的。"既然这样干脆咱们就绕开你,咱们自己选地点,反正这是我们中国人的事,要建这个纪念碑,也必然是在香港回归之后的事,你管不着了……"(上面的话是我自己猜想的,但我觉得这可能也是香港建筑师学会同仁们的想法吧!)有意思的是,后来参选的方案中就有把纪念碑放在香港总督府门前广场上的。

同时,我看到了设计竞赛的文件中也公布了评选委员的名单,一共五个人,除了我之外,香港地区两人,马来西亚一人,日本一人。香港地区的评委是香港大学建筑系主任黎锦超教授和香港中文大学建筑系主任李灿辉教授,马来西亚的评委是杨经文博士,日本的评委是槙文彦教授。我一看这份评委名单,又高兴了,因为黎教授和李教授我以前都见过,还是老熟人,而杨经文先生当时在国际建筑界相当有名,是绿色生态建筑的专家,至于日本的槙文彦教授更是国际建筑界有名的人物,也是丹下健三先生的大弟子,我觉得香港建筑师学会在选择评委这件事上也做得很恰当,除了一个日本人外,其他四个人都是中国人(杨先生也是华侨后裔),我很快就回信给香港建筑师学会,同意担任评委并将准时到会。

这次评选是在1996年11月进行的,参加竞赛的方案估计有一百三十个左右吧，经过几轮淘汰，最后只剩下三个方案，然后评委们再投票选出第一名及第二名，剩下的那个方案便是第三名了。

第一名的方案被选中揭晓后是一名日本建筑师做的，这很有意思，所有方案都是匿名的，我们评选时也都不知道每个方案设计者的名字，完全是评委们根据自己的独立判断投票的，五名评委最后都把票投给了这个方案，真可谓"所见略同"，可见这个中选的方案确实有它的独到之处。

这个中选方案纪念碑造型简洁、体型挺拔有力，最有意义的是，这个碑身是由两根高耸的矩形断面的柱子组成的，这两个长方柱体紧挨着，碑身下部和上部紧紧组合在一起，但有一个柱体在中间部分向外扭了一下，然后再向旁边的柱体靠拢，合成一个整体。从建筑师的眼光看来，这个纪念碑造型是完整的，挺拔的，而且在严谨中有变化，但这个方案之所以中选，关键是它巧妙地表明了这个造型所包含的意义和象征："……那两个柱体本来是紧密组合在一起的，但在中段位置，一边的一个柱体却向外扭一下，然后再弯回来和另一个柱体靠拢而合为一体，这不正好反映了香港的历史吗？香港本来是属于中国的，但在过去有一段时间硬生生被帝国主义掠夺而离开了母体成为殖民地，在走了一段弯路之后，终于历史改变了一切，香港又回归祖国了，香港和祖国再也不会分开了！"这个方案中选后，包括香港建筑师学会的同仁们在内，许多人看了都说这个方案不错，令我欣慰的是，我们五位评委意见高度一致，这个方案的设计人是一位日本建筑师，他能如此深刻地理解香港回归中国这一历史事件以及"一国两制"的重要意义，并能以一种抽象的艺术化的手法将它表现出来，确实证明了他本人的高超的设计水平以及他对现代中国的正确认识，这个方案能得国际设计竞赛的第一名，可谓实至名归。

另外令我高兴的事是，在参加这次评选活动的过程中，我和黎、李两位教授又得以重逢叙旧，同时我又认识了两位新的同行朋友。

槙文彦教授的名字我并不陌生，好多年前我们在了解日本现代建筑的情况时就知道他的业绩了，槙文彦给我的第一个印象就是他的绅士风度，他瘦高个儿，戴一副金丝眼镜，一头白发，走路时两眼直视前方，目不旁视，他也很少说话，实际上他为人很和气友善，彬彬有礼，我和他初次见面握手寒暄时，他就对我说："我知道您是清华大学建筑学院的教授，认识您很高兴，希望以后有机会去清华拜访您……"我当然也很高兴地回答说："……认识您我也很高兴，您的大名我可是早就知道了，只是今天才第一次见面……我也很希望您能来清华访问……"我随后告诉他下个月我就要参加一个高教代表团去日本访问，还要和丹下健三先生见面商谈他访问清华的事，我还对槙文彦说："我知道您是丹下健三先生最得意的弟子，您现在的名气也不亚于您老师啊！"他一听就笑了，并立即说："……不，不，那是不可能的。丹下先生是我们日本建筑界的一面旗帜，我们都是在丹下健三先生的指引下成长起来的……"后来我看见槙文彦在和杨经文以及李灿辉见面时，都像老朋友那样打招呼，还拍拍对方的肩膀，也没有寒暄问候的话，看起来他们早就认识了。

但槙文彦在谈正事时，却是严肃得很，他是这次评委会的主席，在我们五个评委坐在一起开会讨论评选办法时，他以评委会主席身份宣布本次评选的办法，他说这次挂在墙上的方案图太多，一共一百多个参赛方案，只能采用淘汰法，各位评委按自己的独立判断投票，第一轮淘汰三分之二左右，然后第二轮再淘汰三分之二，估计只剩下十几个方案了，第三轮再通过一次投票留下三个方案，最后再投票决定这三个方案的名次，选出第一名中选方案，这办法我们大家都同意了，没什么不同意见，但他接着宣布的"不能相互议论"的话，却使我感到很新鲜，同时也觉得是否太严肃了，因为他说："……各位在观看方案时，互相不要讨论交谈，各看各的，每一轮结果出来后，我们也不要对这些具有进入下一轮评选资格的方案进行讨论，直到留下最后三个方案，在投票决定这三个方案的名次之前，我们依然不讨论……"我对槙文彦宣布的这个"不讨论"的办法之所以觉得新鲜，是因为在国内评选方案中，通常是评委们在听完各个方案的多媒体介绍后，评委们还可以谈谈自己的看法，最后再进行投票，即便是没有多媒体介绍，评委们在观看挂在墙上的方案图时，也是可以互相对着图议论议论的，但槙文彦的办法是从头到尾只能是自己看图，互相不议论，直到最后选出三个入围方案后，依然不讨论，这确实是最彻底的"秘密投票"了。我们最后投票表决，选出了三个方案，再一次投票，定出第一、二、三名后，槙文彦终于宣布说："评选已完毕，现在到了要写出本次评选报告的时候了，请大家对这前三名的方案谈谈自己的看法。"这次评选，这么多方案在一天内干净利落地选出三个，没有拖泥带水，也没有因为有不同意见而进行讨论拖延时间，确实效率很高，我也明白了槙文彦的办法是很公正的，他是考虑到在评选过程中如果有评委对某个方案发表意见，并不是很合适的，因为别的评委可能有不同意见，评委们绝对不应互相影响，难道投票前非得统一意见吗？而这次是国际设计竞赛评选，所以办法要严格一些，槙文彦先生在这种事情上，确实是一丝不苟，严格公正。

第二天晚上，主办方请大家到香港本岛南面海中一个离岛去吃晚餐时，槙文彦又仿佛换了一个人，他在吃饭时谈笑风生，他对我说香港的海鲜咸味太重，没有日本北海道的海鲜好吃，我也是第一次听他说北海道的"蜘蛛蟹"特别大，把一只这种蟹的两条腿拉直可以达到一米长，我当时以为他在吹牛，但后来我去了北海道之后，才知道他所言不假。

　　杨经文博士是一个有趣的，同时又很随和的人，作风和槙文彦有些不一样，他爱开玩笑，说话随便，一见面就能成为朋友，那次评选会后，我邀请他来清华访问，他痛快地答应了，而且在第二年春天就来我院访问了。那时候我正在设计一座"设计中心楼"，这也是我院的工作场所和办公大楼，因为是我院自筹资金建楼，又是我们自己的工作场所，所以我们设计团队有一个共同的理念，就是要把我们自己的楼建成一栋绿色、生态、节能的办公楼，而且要省钱，因为杨经文在绿色生态建筑方面有很多成功的实践，所以他这次来清华访问时，我请他对我们的设计方案提些建议和意见。他在看完我们的设计方案后，提出了一个重要的建议。他建议我们把方案中的"中庭"（atrium）放到建筑南部，改为"边庭"，他说这样做有利于自然通风、可调节室内温度，也有利于节能等等，我说："你这个建议很好，我接受你的建议，我们会修改一下设计的。"他摊开一个手掌笑着对我说："Two Thousands Dollars."我也笑着对他说："你要价不低啊！"我们两个人都笑了起来，彼此开个玩笑也是

再见，故乡与故人

很开心的事。我们后来吸收了他的建议（虽然并不是完全按照他建议的位置做的"边庭"），我确实觉得他的想法很好，你请他对设计提意见和建议，他就实实在在地给你提出建议，这是一个很实在的建筑师。在那以后几年中，我也在某些评图会上又见过他，我们变成了朋友。

我在九十年代初到香港去时已经认识了黎锦超教授和李灿辉教授。黎先生是香港资深的建筑教育家，1992年我们去香港大学建筑系访问时他就是建筑系主任了，他是一个学者，长期从事建筑教育工作，在香港很有声望，也有很多学术研究成果和著作。那次评选会活动结束后，我应邀到香港大学建筑系做了一次学术报告（我去香港之前，港大建筑系已按照黎先生的意思发了邀请函给我），我主要讲的是国内建筑院校师生参加设计实践的情况以及当代的中国建筑设计，港大建筑系学生们听了都很羡慕内地大学本科生和研究生能有机会参加实际工程项目的设计工作。第二年，黎先生也应我的邀请，来到清华建筑学院访问，他也给我们学生做了一次学术报告，黎先生对我们清华校园赞不绝口。那次我安排他和夫人住在校园内的"近春园"，他特别高兴，早晨他还和他夫人去逛了荒岛。他对我说清华园有这么好的条件，这是港大没法比的，他说港大校园内地形高高低低，地方小，哪有条件搞成公园一样，能住在清华园内真是享福啊。

李灿辉教授也是我们清华建筑系不少教授的朋友，他前前后后来过清华好几次了。2014年他还带美国MIT建筑学院的一组学生来北京调研，那次我在中关村一家餐厅请他吃饭，那次来时，他鬓发全都白了，但精神依然特别好，他是闲不住的人，每天总有事忙着。他特别重朋友情谊，从1992年以后，我去过香港三次，除了那次参加香港回归中国纪念碑国际竞赛评选活动以外，我两次去香港，他都请我去香港马会俱乐部吃饭，我才知道他和香港马会的人也很熟。杨经文在英国上学，又生活和工作在马来西亚，英语讲得好不用说，李教授和黎教授平时也讲英语，但我认为李教授的英

由左至右：李灿辉、胡绍学、槙文彦、黎锦超、杨经文
摄于1996年11月，香港

再见，故乡与故人

语更好些。黎教授有时还能和我讲几句广东口音的普通话，我还听到过黎教授和他夫人讲话时不用英语的，而李教授和我在一起时只讲英语，我的有限英语水平使我和他交谈时感到很吃力，我问过他能不能讲普通话，他笑着对我说："我能听懂，但不会说。"

1996年的香港之行，我收获颇多，还认识了两位新的朋友。现在我在写《再见，故乡与故人》时，除了回忆我的几位老师以外，也想到了香港认识的同行朋友，因此写下这篇杂记，也算是回忆友人的文章吧。

2016年初秋于清华园

一颗殒落的明星

——追忆扎哈·哈迪德

2016年4月1日,我女儿打电话给我,说互联网上传出扎哈·哈迪德(Zaha Hadid)突然去世的消息,问我知道不知道,我说我还不知道,但我听了相当吃惊,因为扎哈当时正在为东京奥运会主体育场的设计方案一事忙得焦头烂额,怎么会突然就去世了?!不会是愚人节开的玩笑吧?我女儿说是真的,因为已经有业界官方渠道发布证实的消息了。

我当时就联想到她的突发心脏病去世也许和她的东京奥运会主体育场设计方案进展不顺利有关吧,后来我听说建筑圈内许多人也都这样猜测,那时扎哈的体育场设计方案刚刚在中标后又被日本政府否定,这无疑是一个很打击人情绪的事情,再加上谁都知道扎哈是一个脾气暴躁的人,常常控制不住自己,这次,她和日本人打交道,可能没经验。

扎哈是一位有杰出成就的女建筑师,但也是一个饱受争议的人，她的职业生涯早期也受到过不公正待遇，她 65 岁的人生充满戏剧性，我想如果有哪位作家有兴趣写传记小说或电影剧本，扎哈的生平经历大概是个不错的素材。

我知道扎哈·哈迪德这个名字是在 20 世纪 80 年代，三十多年前那个时候，我看到了"香港之巅俱乐部"——太平山上一个俱乐部的设计方案，当时我对这个方案富有激情和想象力的构成主义设计手法感到震撼，但对这个作者的具体情况并不是很了解，甚至不知道她是位女士。

我第一次见到扎哈并与她交谈，也是二十多年前的事了。

1989 年我在牛津理工大学建筑学院作为访问学者进修时，通过当时的系主任克里斯多夫·克劳斯以及"英国文化协会"（British Council）的帮助和介绍，我访问和参观过一些英国的建筑院校，AA School（Architectural Association School of Architecture，建筑联盟学院）就是其中之一，之所以要访问 AA，是因为 AA 以超前的教育理念闻名于世，这次机会难得，当然要一探究竟。

在 AA 期间，除了参观校园、访问交流外，我还参加了一次学生们组织的学术讨论会，扎哈也是参加者之一。在这个讨论会上，我才知道扎哈原来是一位女建筑师，而且长相一看就不是英国人，是典型的中东地区的人。会后，我和扎哈又谈了许多，我知道了她在 AA 上过学，毕业后参

忆故人

加了工作，前不久还自己开了事务所。我谈到 AA 的学生作品展很有创意（当时的学生作业是为太空船做室内设计这样的题目），我还谈到扎哈的"香港之巅"设计也很有创意，她听了只淡淡一笑，说在香港这个方案是永远实现不了的（果然后来这个方案虽然取得了竞赛第一名，但最终并未实施）。当她知道我是来英国留学的中国建筑院校的教师后，她说她对中国很感兴趣，我说以后有机会一定请她来中国看看。我还问她现在在做什么项目，她苦笑了一下，说什么项目也没做，在伦敦接项目很难（扎哈在英国没有一栋真正实施的项目，这也是她说受到不公平待遇的原因之一），她还说很羡慕中国有那么多真正的工程项目可以做。

20 世纪 90 年代，我在建筑杂志上看到了扎哈做的一个德国小镇里的消防站，那是一个只有约 500 平方米的小项目，但她做得很是精彩，英国《建筑杂志》曾评价："它彰显了建筑修辞的力量——以柔和的方式达到令人印象深刻的可能性，门廊上方尖角的设计具有指示性，就好像在对着人们大喊'急救'！内部空间大胆的几何设计，对这些消防员来说，令他们感觉随时处于待命状态。"这是她第一个实际工程项目，做这个项目时，扎哈已经 43 岁了，她从大学毕业后整整十六年，才拿到这样一个实施项目，想到这里，我感慨不已。

在这十六年的时间里，扎哈默默无闻，努力画图、思考，追求自己的设计理念和创新之路，她画了不计其数的设计方案，虽然没有一张变成现实，但她锲而不舍，仍然坚持走自己的路，这太不容易了。中国有句古话"十年磨一剑"，扎哈何止十年，是整整十六年，无论哪位建筑师能耐得住这样的艰难、孤寂，都是值得人钦佩的，扎哈就做到了。

扎哈的努力终于获得了回报，从维特拉消防站一战成名，扎哈开始项目不断，而且项目越来越大，越来越重要，她也不负众望，每件作品问世，都能让人惊讶、议论不断，但她依然坚持自己的信念和风格，终于受到了有识之士的理解和肯定。在男性一统天下的建筑界，扎哈取得的成功凭借的是自己不懈的努力。2004年扎哈以设计中国台湾古根汉姆美术馆而获得了建筑界最高荣誉普利兹克奖，这是普利兹克奖设立二十六年来第一次被授予一位女建筑师，53岁的扎哈，也是最年轻的获奖者之一。

扎哈曾说她对中国很感兴趣，经过她的努力，现在她在中国的声望可以说是如雷贯耳，作品令人过目不忘，比如广州歌剧院、北京银河SOHO等。另外，美国辛辛那提当代艺术中心、西班牙萨拉戈萨大桥、BMW中央大厦、香港理工大学创新塔等等，都使她蜚声国际，一时间她的名声如日中天。扎哈的作品，以复杂的曲线、折面著称，非常规的造型使人们认识了一种全新的建筑形式。正如普利兹克奖评委会主席罗特赫斯柴尔德勋爵评论说："……如同她的理论和学术工作一样，作为实践建筑师的扎哈·哈迪德对现代主义的追求是坚定执着的。她总是富有创造力，摒弃现存的类型学和高技术，并改变了建筑物的几何结构。"

我记得那年在伦敦时和她交谈，她问我是从哪里来的，我回答说我是从中国来英国的访问学者，她就对我说她是从巴格达到英国来读书的，和我一样。我当时听了很惊讶，我说："巴格达，那可是《一千零一夜》故事发生的地方。"她说："是的，中国和伊拉克都是文明古国。"我至今都还记得那次谈话，细细揣摩起来，我似乎觉得扎哈的作品中确实有一种东方思维的痕迹，准确地说是一种非线性的思维，她喜爱的那种流动、圆滑的曲线和动感，似乎都带着波斯和伊斯兰花纹的印记。我觉得她仿佛也是从《一千零一夜》故事中走出来的人物，我也说不出什么理由，也许是因为她出生在巴格达吧，也许也是因为她的传奇人生经历吧。

扎哈的人生经历就像过山车一样，从才华横溢的青年时代到举步维艰的创业初期跌入低谷，过了冷清的十六年，然后机缘巧合，人生开始有了转机，事业越来越有起色，直到名扬世界，就好像从低谷跃上高峰，在高峰上驰骋了十年，正当处在人生巅峰时，突然，她的人生终止了……

在听到扎哈去世的消息后，想着这位有过一面之缘的明星建筑师戛然而止的人生，也是令人感慨，短短一篇随笔，以此作为对扎哈·哈迪德的追思。

2016年秋于清华园

番外篇

天籁之声
——回忆齐云山之旅

2012年春天，应中国建筑学会周秘书长的邀请，我参加了安徽省黄山市休宁县齐云山风景区一个旅游规划项目的评审，同行的还有一些建筑界的老朋友，多年不见，有机会大家相聚在一起，确实高兴得很。再加上本次行程内容非常丰富，使我印象深刻，久久不能忘记。

这次到休宁县，是要对齐云山风景区内一个水库边上的一所"文化会馆"的选址及设计方案进行评审，同时，还请我们参观另一个文化旅游景点——"民俗村"，并提一些改进意见及建议。这些项目的合作方和投资方是来自马来西亚的一位华裔企业家，他这次在休宁县开发的动作不小，他准备和当地政府合作开发弘扬皖南"农耕文化"的"状元村"，并对当地的旧民居出资修缮，改建周边环境。他还准备在齐云山某水库边上修建文化会馆，同时在风景旅游区附近新建西式结婚教堂、休闲以及餐饮娱乐等设施，甚至要筹建马术俱乐部等，项目内容很多。

我们这次旅行，除参加上述项目的评审及考察外，还参观和游览了著名的齐云山道家文化圣地。三天时间，有美好的回忆，但也由此产生了一些忧虑和思考。

总的感觉是，这次文化之旅，我好像收到了三张文化旅游名片。

一张是宣传儒家文化的名片，这是一张散发着淡淡的书院墨香味的典雅的名片——"民俗村"，它显示了延续几千年的中国传统社会的价值取向和社会文化心理至今还在延续。

另一张是具有中国特色的道家文化旅游名片——齐云山道家文化圣地。道教及道家文化不像基督教和佛教，它绝对是中国土生土长的，是最具有本土及地域特色的宗教文化了，遗憾的是，这张本土名片如今有些内容却散发出一种庸俗的气味。

第三张文化名片是一张新式名片，它清新典雅，散发出一种亲近自然、充满浪漫主义艺术色彩的气质——它就是在水库附近准备筹建的文化会馆及水上音乐厅。

一个风景旅游区，同时推出三种文化品牌，打出三张名片，它会是一副好牌吗？有的项目使我眼前一亮，有的使我疑虑顿生，有的还使我产生反感。我禁不住想把这三张名片一一加以说明。

先说这个皖南"民俗村"吧。这个"民俗村"规模不大，也就五六幢旧式民居，一间祠堂（兼做展览馆）等，和皖南的宏村自然民居村无法相比，关键原因是这是一个以当地传统的"农耕文化"为依托的、由现代人规划兴建（或改建）的"民俗文化村"，原有的住户全部迁走了，留下几幢有典型地域特点的旧民居，经过整修后而成，这是地方政府和投资方合作的项目，搞成一个专供游客参观旅游的景点。这些保留下来的旧民居都修缮得很好，其中一户大户人家还保留了一个戏台，有趣的是这个戏台不在院子正中，而位于内院一侧，偶尔，还可听到民俗村管理部门安排的清唱黄梅戏节目。祠堂内部没有什么新鲜东西，只在廊檐墙上挂着一些图片和说明，给人的印象是稍显冷清。想想吧，一旦这个"村落"没有本地居民，没有日常的村民生活景象，光靠游客门票，能维持下去吗？没有居民的"民俗文化村"，还能有生命力吗？

走进一幢民居，这是一幢典型的皖南民宅，粉墙黛瓦，黑色的石库门，进门后是一个又窄又高的天井（内院），天井正面是一间客厅，两旁是居室，一段窄窄的木楼梯上到二层便又是三间正房，所有的房间中都摆设着旧式家具，还有被褥椅垫、文房四宝、梳妆用具等陈设，据介绍说这家也是清末进士及第的书香人家，老爷去世后，寡母清贫居家，几亩薄田，苦守度日，终于熬到了儿子进京赶考以图金榜题名。看着这幢小小的民居，想象着居住在这住宅中守寡的母亲督促着儿子发奋读书的情景，这就是中国封建社会中一个典型的正面形象了。在我国许多省份和地区，尤其是在苏、浙、皖等地区，这种寒窗苦读，一举成名，万般皆下品，唯有读书高的思想也是万千个家庭的家训，这种社会价值取向在当今社会中依然存在。在参观这个民俗村之前，我在旅馆中看到过本地的旅游介绍小册子，就有专门的篇章介绍本地区某村在历史上出过多少个状元、多少个进士等等，还介绍本地区一所中学在近几年的高考中出过本县乃至本省的高考状元等等。来到了这个民俗村，还看到了村中醒目位置树立着名人题字墙，看来这也是当地引以为豪的文化品牌。看到这些，我心中产生一种说不出何种滋味的矛盾心情。六十多年前，我父母就是这样督促我们上学的，半个多世纪过去了，现在的社会还是这样，这种社会价值取向肯定有其正面作用的一面，但在现代社会中，这难道还是唯一的价值取向吗？

绕到这幢民居的后面，是一处有矮墙的平台，往下一望，才发现我们居然是在位于 100 多米高的悬崖坡上，极目望去，油菜田呈现出一片灿烂的黄色。远处的水面闪着微光，蔚蓝色的天空以及棋盘格状的乡间小路，组成一幅清新动人的画面，看到这个景象，我眼睛一亮，心情也好了很多。

再说游览齐云山道教文化区这一段事吧。

齐云山，我以前不太熟悉，后来才知道，它非同寻常，还是有悠久历史的。在安徽人看来，齐云山和黄山齐名，齐云山和黄山南北相望，据说，乾隆皇帝曾到此一游，并题诗云："天下无双胜景，江南第一名山。"其实我国江南名山多得很，怎么齐云山在乾隆心目中就成为江南第一名山了呢？我想，乾隆皇帝和中国历史上许许多多的皇帝一样，虽然在国内推崇佛教和儒学，但他自己却笃信道教，乾隆还自称为"十全道人"，对黄山这种主要以风景取胜的名胜，在他心目中恐怕还是比不上齐云山这样的道教圣地吧！

中国历史上为什么这么多的皇帝信奉道教？这是一个有趣的问题，当年清华大学建筑系一位在英国爱丁堡大学攻读博士的留学生，他的博士论文便提及中国传统建筑为什么是木结构体系，爱丁堡大学的教授也非常重视这个问题，但想不出特别有说服力的论证，著名的李约瑟教授在其所著《中国科技史》中也没有对此做出充分的说明，这个问题确实是太有意思了。中国传统建筑形式中结构体系，包括斗拱、屋架举架规律、屋角起翘方法、柱子收分等等都有严格规

番外篇

范，但是，有谁探究过为什么中国长达几千年的历史中，偏偏以木结构作为传统建筑的基本体系呢？中国大部分地区也并不缺少石材，但为什么中国没有像欧洲希腊、罗马、哥特建筑时期、文艺复兴时代那样发展石结构而偏偏发展木结构呢？我的老师汪国瑜教授曾经给了我很大启发，汪教授说这里面宗教起了很大的作用，中国历朝历代许多皇帝都信道教，道教和佛教不同，佛教看重"来世"，主张今世吃苦受难、积德、普度众生，以求来世登上西天极乐世界；而道教却看重"今生"，推崇今世修道养生，以求长生不老或得道成仙。新皇帝一登位就是两件大事：一是用石头修建陵墓，陵墓在地下，石头是不会腐烂的，同时他也知道修陵墓必定要花上好几年甚至几十年，着急不得；第二件便是修造宫殿，这是他今生要享受的，什么方法最快呢？那就是大兴土木，用木材砖瓦最快，比采石、运输、用石头盖房子要快多了，这就是木结构在中国宫殿寺庙大木作建筑中普遍采用的原因，或者说是重要原因之一吧！汪教授对中国传统建筑理论的见解如此独到，令人叹服，我当时就对那位清华留学博士生说要他回国时一定要去拜访汪先生。

说到这里，也等于从另一角度回答了"中国皇帝为什么喜爱道教"这个问题！想想中国历史上，秦始皇一路奔向东海"天尽头"，为的就是求长生不老之药；唐明皇和杨贵妃两人双双笃信道教，宋徽宗、清乾隆都是道教信仰者，元朝推崇道教更不必说了，明朝好几个皇帝迷信炼丹求仙最后有的中毒身亡……

中国历史上信奉道教的皇帝数不胜数，他们在国内推崇佛教，提倡儒学，但那都是针对老百姓的，并为维持统治用的，而他们自己却现实得很，他们享尽人间富贵，追求长生不老，这就是中国历史的实际情况。

不仅是帝王、达官贵人，道教在中国历代社会中，在平民百姓层面也是普及得很广泛，各种道观数量不比佛教寺庙少，道家种种求仙养生理论更是深入人心，什么道士设坛作法驱鬼、烧符配汤做药、各种各样的养生理论和气功吐纳方法、宫廷秘方、祖传秘方等，在中国民间都有很大的市场。我这里绝不是要贬低道教，道教作为一种宗教，根据我国宪法是应该得到尊重和保护的，我自己也认为道家理论和相关学说著作诸如《道德经》《易经》《易学》等都是很有哲理的，是我国在哲学上的重要贡献和宝贵的文化遗产，我上面谈到的一些问题和看法，主要指的是几千年来，我国的道教文化中衍生出不少消极的思想意识形态，而正是这些道教的衍生物在社会上容易滋生出种种消极、甚至恶俗的东西。当然，佛教、基督教也有衍生物和消极迷信的，但我觉得道教的消极衍生物最多。

到休宁县的第二天，我们去游览齐云山道教文化圣地。到齐云山山脚下，往上一看，要爬好几百级台阶，对我们老年人来讲，非常辛苦，爬得腿酸，中间休息了好几次。山上与山下交通来往很是不便，每天有挑夫上山，背着或挑着一百多斤的东西，大都是米粮菜油之类，挑夫由山上道观开的餐厅雇用，上山一次给60元钱。我们见到的一名挑夫是个四十多岁的中年妇女，身体健壮，不输须眉。问话间了解到，她的丈夫已于去年因病不治过世，有一个男孩12岁，正在念书，不得已干上这艰难的工作以维持生计……看到她慢慢地登山的背影，令我们感慨不已。

终于爬上山顶，顺着一条石板小路，又穿越一座牌坊石门，步行30分钟左右后到达一个小山镇，已是快中午时分了，陪我们参观的同志安排我们在一家傍山而建的茶楼中休息用餐，价格不算贵，每人50元钱的标准，送上来的食物却都是新鲜的竹笋、蘑菇、山鸡、蔬菜之类，最有意思的是还有很好吃的咸鱼干，真是一餐别有风味的午宴。饭后又进入这茶楼的里院参观，发现院内晾着许多鱼干，原来这就是店家自己从山顶湖泊中养的白条鱼捞上来后经晾晒做成的。饭后休息片刻，穿越山顶上弯弯曲曲的石板小道，又穿过一座石牌坊，来到一座三开间的"三清殿"，大殿中间供奉着玉皇大帝、太上老君及元始天尊这三座道教至尊塑像，殿前小广场中有一水池,殿侧陡峭的山坡遍布着"洞龛",中间大都有塑像,这情景有点儿像我国河南省洛阳龙门山上的架势,只是这里规模小些,壁龛也小些,龛前有游客们供奉的香火,烟雾缭绕,看来香火很盛。这时有一位中年妇女拿着一些香烛及印有道符的黄纸向我们推销,五元钱一束香,并说黄纸道符贴在门上可以辟邪驱魔,我一看这妇女好生面熟,原来她就是刚才我们用餐时在餐厅中端饭菜的人,哈哈,他们这也是一条龙配套服务了。

供奉塑像的"洞龛"都是暖黄色的砂岩,岩壁很高,岩壁前有一水池,池水清澈见底,水中有游鱼,映着蓝色天空,风景的确很好,我心想如果以此地为背景画一幅水彩画,画面色彩一定很丰富漂亮。

听说到这摩崖道家圣地另外还有一条道,是从比较缓的坡道上来的,这比我们辛辛苦苦爬上几百级台阶上来要舒服多了。

游完圣地,我心想这齐云山道家圣地景色确实不错,但这道家文化也不过如此。但道家文化看来要比佛教文化在我国民间更为普及,联想起以前我还参加过某城市一个"生态养生公园"规划方案的评审,这个打着"生态养生"名号的公园,其规划布局构图就是仿照道家的太极图形,另外还按道家八卦图式在各方位布置各种景点和设施,什么"生态养生园"、"生态百草园"（指药材）、"气功修炼房"，等等。这样一个规划方案居然还是当地政府规划部门认可的概念性规划方案，现在是按程序请一些建筑、规划专家评审，方案通过后便可立项进入下一步设计程序，我们当时提了不少不同的意见：这么大一块城市土地用作这种"养生园"难道不可惜吗？投资方难道有把握收回成本并且盈利吗？想到齐云山道家文化圣地游客香火鼎盛的情形，我明白我低估了这个"生态养生园"投资公司的市场预估能力，看来他们是有信心的。

我心想不光是道家文化，全国各地的佛教寺庙中同样香火鼎盛，求佛拜签的人还少吗？我国当今各处风景名胜和文化旅游项目中的文化内涵及价值取向，使我产生一些疑虑……

最后再说我们这次休宁齐云山文化之旅中看到的第三张文化名片吧！这便是马来西亚那位华裔企业家投资兴建的一座文化会馆（实际上从建筑上来讲，也就和一幢大的别墅差不多，不过这幢建筑主要并非提供私人居住，而主要是将来可供文化界人士聚会等用途，说是一个"文化俱乐部"可能更为贴切），这位投资人为了征集到好的设计方案，居然出资举办了一场国际设计竞赛，可谓不惜工本，我们这次来休宁的一项任务便是要在参加设计竞赛的几十份国内外设计方案中评选出三个优秀方案供投资者选择，同时还要到这幢建筑的拟建场所实地考察。

没有想到的是，对这座"文化会馆"的实地考察，竟成了我此行中印象最深刻的美好回忆。这个项目建造地段美丽的自然环境以及它旁边的"水上音乐会"的场景，给予我们一次美好的精神享受，所以我在本文的开头说这个项目仿佛送给我们一张名片，它清新典雅，散发出亲近自然及浪漫主义色彩的气质，这使得我对这位来自马来西亚的华裔投资人刮目相看，我认为来休宁考察和参观的三处文化项目，唯有这一处是成功的。

带领我们去齐云山水库的同志领我们穿越一处干涸的河道，登上一座并不很高的大坝，忽然眼前一亮，就看到了一处很宽阔的水面，这就是水库了，但这水库很长，宽度却并不宽，也就六七十米左右，实际上是一条山谷蓄上水形成的河。我们在水坝前登上平底游船，向水库另一端驶去，才发现这座水库还有几处分叉，平面形状就像一块姜的形状一样，主山谷旁也还有几处分支，形成了一个面积也不算小的水库。我们的船向一处河谷前方驶去，只见河谷的端部被山坡阻挡，水没有再流向别处了，因而由三面山坡形成了一个长形的水面，这三面环绕的山坡在河谷顶端侧面处却开了一个口，宽度也大约六七十米，这个开口向一侧形成一块台地，这便是那"文化会馆"的建造地点了。这座文化会馆总面积不到 2000 平方米，实际上就是一栋文化俱乐部性质的建筑，内有展览厅、茶座、书画室、小餐厅以及一些接待用房，由于台地地形有起伏，而且临水，所以应征的设计方案中大多设计成高低错落的体型，有点儿像美国著名建筑大师莱特设计的"流水别墅"那样。令我印象最深的是，在这河谷的端部山坡下的一块坡地，种满了山茶树（灌木），而令人惊奇的是，在一棵棵茶树的空隙间，竟然铺着一列列整齐的木板平台，木板宽约一米，依地形而成为台阶状，这是干什么用的呢？看到我们的诧异表情，带领我们的人告诉我们，就在大约十天前，这里举办了一场史无前例的音乐会！我问："音乐会？那听众席在哪里？"他说："听众全部都坐在船上，每条船大约 12 人，有十几条船呢！"我们接着就说："那这些木板难道就是舞台？"他笑着说："是的，这些木板就是演奏台！我们请了上海交响乐团来这里举办了一场水上音乐会，听众也就 100 多人。"我们听了大为惊奇，这可不是一般的所谓"山寨"版的音乐会，而是请了中国最高水平之一的上海交响乐团！我们问："上海乐团的人愿意来吗？"他说："开始时听说到安徽省休宁县演出，他们有些不太愿意，可能他们担心交响乐团的演奏是否适合当地的口味，但是他们应我们的邀请先来人看了演出场地，这种

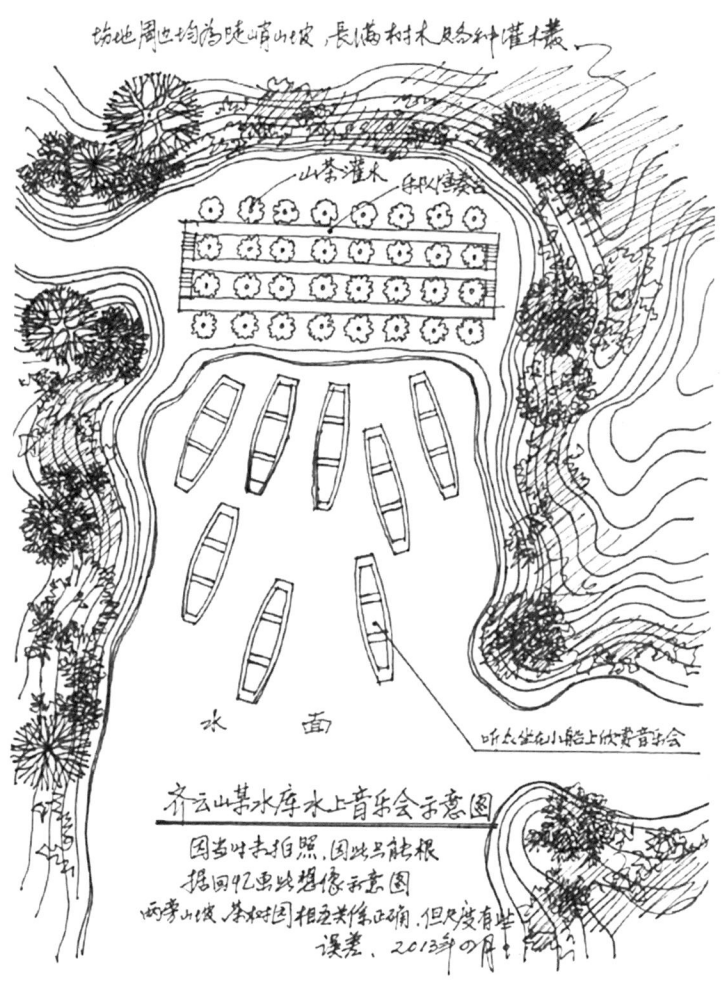

齐云山某水库水上音乐会示意图

别开生面的演出使他们大感新奇，结果他们派了六十个人来演出，演出效果之佳出乎所有人的预料。"听了这位同志的描述，我又环顾了一下这场地的周边环境，想象当时的情景，我不禁赞叹不已，想想看，这三面青山环绕，面前是清澈的水面，听众都坐在船上，演员们在山茶花丛中演奏，音乐声传到水面上，而由此产生的交混回响效应可能比在封闭的音乐厅里面更有情趣。我们看着这美丽的周边环境，不禁说："你们这位老板很有想象力和创造性！"可不是吗？这样的音乐会可能在国内外都少有。我不禁又问道："有演唱那不勒斯船歌的节目吗？"他说不知道，因为他没有来听这场音乐会，但他说："我们在这里盖了文化会馆后，就可以定期举办水上音乐会了。"

看着这片山茶花，再看看这青山环绕的水面，想象着这些演奏家们在山茶花丛中演奏，真的是令人心情愉悦，神清气爽。

我认为这是我们这次旅行所收到的一张最有文化品位的"名片"了。

2015年秋于清华园

图书在版编目（CIP）数据

再见，故乡与故人/胡绍学著．--北京：北京联合出版公司，2017.4
（建筑与文化随笔集；Ⅱ）
ISBN 978-7-5502-9864-4

Ⅰ．①再… Ⅱ．①胡… Ⅲ．①随笔-作品集-中国-当代Ⅳ．① I267.1

中国版本图书馆 CIP 数据核字（2017）第 036285 号

Copyright © 2017 by Beijing United Publishing Co., Ltd.
All rights reserved.
本作品版权由北京联合出版有限责任公司所有

再见，故乡与故人

作　　者：胡绍学
出 品 人：唐学雷
出版监制：刘　凯　马春华
责任编辑：唐乃馨　徐　樟
封面设计：零创意文化
内文排版：毛　毛

北京联合出版公司出版
（北京市西城区德外大街83号楼9层　100088）
北京联合天畅发行公司发行
小森印刷（北京）有限公司印刷　新华书店经销
字数140千字　　710毫米×1000毫米　1/16　16印张
2017年5月第1版　2017年5月第1次印刷
ISBN 978-7-5502-9864-4
定价：49.80元

版权所有，侵权必究
未经许可，不得以任何方式复制或抄袭本书部分或全部内容
本书若有质量问题，请与本公司图书销售中心联系调换。电话：（010）64243832